徳間文庫

城崎殺人事件

内田康夫

徳間書店

目次

プロローグ

母親のあとを追おうとした少年に、祖父は「行くんじゃねえ」と怒鳴った。

「おめえを捨てて行く女に、なんじゃとて未練があるんじゃ」

少年はいちどは立ち止まっだ。祖父の怒りの恐ろしさは、平手打ちの痛さと同じだけ強烈に、少年の胸にこたえていた。

母親は振り返り、小さく、ごめんねというように会釈して、背を丸めて小走りに歩いて行った。

少年は戸口を飛び出した。母親はまっすぐ向こうを見つめたまま、歩みを止めない。

少年は走って、じきに母親に追いついた。追いついたが、少し距離を置いて、歩いた。母親と同じ速度で歩いた。

土産物屋の女が道路に出て来て、母親と少年の様子を窺《うかが》っていた。町の人間は大抵は事情を知っているらしかった。少年は屈辱と怒りを半々に感じながら、俯《うつむ》いて、ただひたすら母親を追った。

駅前に男の姿があった。母親は「ごめんなさい、すみません」と謝って、男の傍に寄り添った。

「どうしても出られなくて」

「その子のせいでか？」

男は訊《き》いた。

「いえ、そうじゃないけれど」

母親は悲しそうに少年を振り返って、「さう、もう行きいな」と、手で払うような恰好《かっこう》をした。

「あの家はあたしの家と違う、けど、おまえの家じゃけんね」

「ひでえよな、まったく」

男は無表情に、少年を見ながら、言った。

「ひでえじじいだよな、かわいそうに」

男がそう言うのを聞いて、少年は負けたと思った。自分はいちどだって、母親をかわいそうだと思ったことはなかったのだ——と思った。

「さ、もう行きな、ね」

母親は少し優しい口調になって、言った。

「いつか……」

少年は言いかけて、やめた。

「ん？……」

母親は首をかしげるようにして、少年の言葉の続きを待った。

しかし少年は何も言わなかった。

「いつか……何？」

母親はもう一度、問いかけた。少年の最後の願いを、聞いて上げたい――という想いが、その不安そうな表情いっぱいに浮かんでいた。「いつか迎えに来て」という言葉を想像したのかもしれない。

しかし、少年は口を閉ざした。「いつか、きっと……」と少年は言いたかったのだ。いつかきっと、母親を迎えに行く――と少年は約束したかった。そして、かわいそうな母親と自分と、二人だけのしあわせな暮らしを作りたかった。

いや、必ずそうしてみせる――と思った。思ったが、言わなかった。いまの惨めさを思うと、言えなかった。

「じゃあね」

母親は小さく手を振った。母親の目から涙がこぼれるのを、少年は見た。

しかし、少年は涙を見せなかった。涙は鼻孔を伝わって口の中に入った。口から喉《のど》、喉から胸へと、涙の味が広がり、全身を震わせた。雄叫《おたけ》びを発したいような憤怒《ふんぬ》と、どうすることもできない無力感が、少年の脳髄を滾《たぎ》らせていた。
列車が到着して、駅からは大勢の客が溢《あふ》れ出した。母親の姿はもう見えなかった。

第一章　土蜘蛛《つちぐも》伝説

1

「城崎《きのさき》は冬の雪の頃《ころ》がいいのだけれどねえ」

雪江《ゆきえ》は少し不満そうな口ぶりだった。もっとも、だからといって、秋の城崎行きに不満があるわけでもない。そういうふうに、息子に対して何かひとこと、もったいぶったことを言わないと照れくさいのが、彼女の性格なのだ。

浅見《あさみ》にしても、母親との二人旅など、生まれてはじめての経験だから、大いに照れる。とにかく、雪江が「城崎へ行きます、お供しなさい」と命令した時には、面食らった。

「城崎というと、兵庫県の城崎温泉のことですか？」

「そうですよ、ほかにどこか、城崎ってあるの？」

「いえ、そうじゃないですが……しかし、何だってまた、急に城崎なんですか?」

「いいじゃありませんか、急だろうと何だろうと。とにかく城崎へ行きたくなった、ただそれだけのことです」

「はあ……」

とうとう、この母親にも老いが忍び寄ったのか——と、浅見は悲しい想いがした。こんなふうに、一方的な我儘《わがまま》を言い出すというのも、老いのひとつの症状なのかもしれないと思ったからである。

「志賀直哉《しがなおや》を読んだのですね」

そういう、息子の表情を読み取ったのか、雪江は仕方なさそうに言った。

「『城の崎《きのさき》にて』と『暗夜行路《あんやこうろ》』をね。そしたら、むしょうに城崎へ行ってみたくなったというわけです」

「ああ、志賀直哉ですか、なるほど」

何が「なるほど」かよく分からなかったけれど、それなりの理由があることが分かって、浅見は一応、ほっとした。

「しかし、それで、僕がお供をするのですか?」

「そうですよ。いくら元気そうに見えても、わたくしはもう、それほど若くはありませんからね。もし万一の場合、光彦《みつひこ》のような頼りないひとでも、いないよりはいたほうがいいでしょう」

「はあ……」

浅見は浮かない顔になった。

「大丈夫よ、旅費はわたくしが全部持ちますからね。それに、JRの『フルムーン』というのを使うと、ずいぶん割り引きになるのだそうだから、大したことはありませんよ」

「しかし、フルムーンというのは夫婦が旅行するためのものなのではありませんか？」

「いいのよ、そんなこと。とにかく合計して、八十八歳を超えていればいいのだから」

なるほど、浅見光彦は三十三歳、雪江は——彼女の名誉のために、公表は差し控えるとしても、七十歳は立派に超えていることはたしかだから、二人の年齢を合計すれば、百歳をゆうに超える。

とはいっても、なにしろ、雪江は浅見の年齢の二倍以上である。どう考えたって「夫婦」という間柄には見えない。

それ以前に、フルムーンなるものが、母親と息子——という関係でいいものかどうか、浅見には自信が持てなかった。しかし、そういう問題がどうなったのか、詳しいることは知らないが、とにかく、浅見母子は十月三日の朝、東京発の新幹線に乗っている。

雪江未亡人はご機嫌であった。二階建グリーン車はシートも広く、景色もよく、振動も少なく、とにかく快適ずくめだった。

京都で山陰線《さんいんせん》に乗り換える。こっちのほうは、駅舎も汚く、列車も古く、新幹線とでは天地の落差がある。

ただし、保津川渓谷《ほづがわけいこく》沿いに走る車窓からの眺めはよかった。まだ紅葉には間があるけれど、緑したたる断崖《だんがい》の底を、清冽《せいれつ》な水が流れるさまは、まぎれもなく日本の美だ。福知山《ふくちやま》を過ぎると、やがて分水嶺《ぶんすいれい》を越え兵庫県に入る。最初の停車駅が和田山《わだやま》、そこから三十分前後で豊岡《とよおか》、次の停車駅が城崎である。

この付近、線路に並行して大きな川が流れている。満々と水を湛《たた》え、流れている様子には見えなかったので、はじめ湖かと思ったのだが、地図を見ると「円山川《まるやまがわ》」という川であった。

豊岡と城崎の中間に「玄武洞《げんぶどう》」という駅がある。周辺に市街地らしいものはまったくない場所に建つ駅だが、この駅は、円山川の向こう岸にある観光名所「玄武洞」見物のためにあるようなものらしい。

その駅を通過してすぐのところに、レンガ色のタイルを貼《は》った、この辺りでは珍しい、近代的な瀟洒《しょうしゃ》なビルがあった。

それだけなら何ということなく見過ごしてしまっただろうけれど、ビルの前に数台のパトカーが停まっているのが注意を引いた。

「何かあったのかしら？」

さすがに警察庁刑事局長の息子を持つだけに、雪江は窓の外を一瞬の間に通り過ぎたその風景も、見逃さなかった。

「事件か事故か……野次馬も出ているみたいでしたよ」

浅見も母親と一緒になって、はるか後方に消えてしまった現場を、しばらくは未練たらしく覗《のぞ》いていた。

「いやあねえ、こんなところまで来て、世俗のことに気が向くなんて……」

雪江は反省したらしい。

「そうですね、何のための温泉旅行か分かりません」

浅見も、母親があれこれ煩《うるさ》いことを言い出さないよう、この機会に釘《くぎ》を刺しておこうと思った。

やはり観光シーズンからは少し外れているせいなのか、城崎で下りる客はあまり多くなかった。

駅前に旅館街共有のマイクロバスが待機していて、予約の宿まで無料で運んでくれるという。案内の若い女性が、手を取ってバスに乗せようとするのを、雪江は「まだ大丈夫ですよ」と断った。

そのくせ、タラップのところで躓《つまず》きそうになって、結局、女性の助けを借りることになった。

川端にしだれ柳が風になびく、浅くて水のきれいな川に沿って、昔ふうの温泉旅館街が二キロほど続く。大きな近代ふうのホテルもあるにはあるのだが、それはずっと奥のほうの山際にあって、旅館街には大きな建物はない。

ところどころにある豪華な銭湯ふうの建物は、城崎名物の「外湯《そとゆ》七湯《しちとう》」である。

志賀直哉は『暗夜行路』の中で、城崎を訪れた印象をこう書いている。

俥《くるま》で見て来た町の如何《いか》にも温泉場らしい情緒が彼をたのしませた。高瀬川《たかせがわ》のような浅い流れが町の真中を貫いている。その両側に細い千本格子のはまった、二階三階の湯宿が軒を並べ、眺めはむしろ曲輪《くるわ》の趣きに近かった。また、温泉場としては珍しく清潔な感じも彼を喜ばした。

直哉が城崎を訪れたのは、大正二年十月のことだから、いまから七十年以上も昔のことだ。それにもかかわらず、現在の城崎にも、その文章を髣髴《ほうふつ》させるような「湯の町」の香りが漂っている。

「やっぱりいいところですよ、城崎は」

バスで通り過ぎる風景を見て、雪江はいよいよご満悦だ。

「近頃の温泉ときたら、むやみに大ホテルばかりで、会社やなんかの団体客がワーッと来て、カラオケなんぞでばか騒ぎをするのが多いのです。温泉は本来、二人かせいぜい数人で来て、しっとりと情緒を味わうべきところなのですよ」

「はあ、そのとおりですね」

浅見も雪江の言う「ワーッと来て」というタイプはあまり好きではないし、カラオケも歌わない主義の男だ。その点では雪江と趣味が一致するのだけれど、「二人」の相手が雪江では、どうも「情緒を味わう」状況とはほど遠い。

バスはのんびり、温泉街を五分の四ぐらい走って、大きな古い旅館の前で停まった。

「はいお客さん、三木屋《みきや》さんですよ」

運転手が陽気な声で告げた。

2

城崎警察署刑事課長の青地《あおち》警部が、「幽霊ビルで人が死んでいる」という連絡を受けたのは、青地が赴任して、わずか三日目のことである。

この秋の人事が発令される前は、青地は兵庫県警暴力対策第二課にいた。第二課はマル暴関係の取り締まり、捜査に従事する。もともと、そういう柄ではないと青地は思い、上司もそれを認めたようだった。

暴力団関係の事犯は、推理好きの青地にとっては、耐えられないほど不毛で、無味乾燥そのものでしかなかった。しかも、暴力団からの誘惑も多く、青地が知っているだけでも、県警内部の人間で、暴力団側に取りこまれている疑いの濃厚な者が何人もいた。

そういうことに嫌気がさして、青地は配置転換を希望していた。城崎署は県警本部から見ればかなりの左遷だが、それでも、希望していた刑事課長の椅子《いす》をあてがわれたことに、青地は大いに満足した。

そして着任早々の奇怪な事件である。腕が鳴ったし、胸も躍った。

現場へ向かうパトカーは、ベテラン部長刑事の横尾《よこお》と一緒であった。横尾は当分のあいだ、新任課長のために、情報を提供する役割を仰せつかることになっていた。

「幽霊ビルで人が死んでいたのは、これで三度目というわけだな」

青地は言った。

「はあ、そうです。それも、わずか一年ばかりのあいだにです」

「そもそも、幽霊ビルという名前の由来は何なのかね？」

「はあ、つまりは、そういう死体発見の事件があったことも由来だと思いますが、長いこと無人状態でありますので、いつのまにか、誰言うともなく、『幽霊ビル』と呼ぶようになったのと違うでしょうか」

「市民の中に、鬼火を見たいう者が、何人かおったいう話ですよ」

助手席の若い刑事が、振り返って言った。

「鬼火かね」

青地は苦笑した。

「はあ、そういう話を自分も聞いたことがあります」

部長刑事も真顔で言った。

「もちろん、鬼火だとか幽霊だとか、いまどきアホらしいと思いましたので、たぶん浮浪者なんかが入り込んでおるのではないかと思い、その次、そういう通報があった際に調べてみたのです」

「ほう、それで？」

青地も興味を惹《ひ》かれた。

「そうしたところ、通報があって、ものの十分ぐらいでビルにかけつけたにもかかわらず、誰もおらんかったのですな。ビルのドアというドアはロックされたままでありますし、窓ガラスも破られた形跡はありませんでした。いや、もちろん、ここから出動したのは、わずか五名だけやったですし、万全というわけにはいかんかったことは事実ですが、それにしても、ガランとした空き家です。隠れるいうても、何もないところですのでねえ」

「しかし、それまでに逃走したかもしれんじゃないかね」

「はあ、まあ、われわれもそないに思いましたが」

部長刑事も自信がある話ではないので、それ以上、「幽霊」の存在を主張することはしなかった。

幽霊ビルまでは警察からほんの五分もかからない距離だ。

青地のようにはじめて見る者の目には、なんとも不思議な風景であった。

レンガ色のタイルを貼った、まことに都会的な瀟洒な建物が、円山川のほとりに建っている。周辺には高い建物など、まるでないところだけに、わずか三階のビルだが、ひときわ大きく見える。

秋の青空をバックに聳《そび》える、真新しいビルは、眩《まぶ》しいほどだった。

だが、目を地上に落とすと、そのイメージは一変する。土地は荒れ放題、雑草は伸び放題。敷地の周囲を、殺風景な有刺鉄線が取り囲んでいる。

「もったいない話だなあ」

青地は思わず感想を呟《つぶや》いた。

「まったくです。うちの署と取り替えたいくらいなものであります」

部長刑事も言った。

すでに先発した連中が実況検分の作業を始めていた。玄関前には、通報者も待機している。

通報者は、定期的にビルを監視に来る、このビルを管理する会社の職員で、梶木《かじき》という男である。前回の時も、死体を発見したのは梶木であった。

「またですよ」

梶木は、うんざりした顔で、横尾部長刑事にボヤキを言った。

「こうチョクチョク死人が出たんじゃ、たまったものやおまへんなあ」

半ベソのような顔になった。

「ほんまやな、冗談でなく幽霊の祟《たた》りでもあるのとちがうかな」

横尾も半分は本気で、そう言った。

とにかく、これで三人目である。最初の時は、城崎の住人が首を吊《つ》って死んでいた。水野幹雄《みずのみきお》という、二十八歳の男性で、保険の外交員をしていた。なかなか仕事熱心な男で、町中の家という家を、こまめに一軒一軒回っては、しつこいくらいに勧誘を続けていた。勧誘された側の中には、「ああねちっこく来られたんでは、頭にきて殺したくなるヤツもおったのとちがうかな」と言った者さえいたほどだ。

もっとも、会社の同僚の話によると、努力する割りに成績が上がらないのを苦にしていたそうだから、たぶん、それが原因のノイローゼだろう――ということになった。

二度目のは、しばらくのあいだ身元不明だった。死因は服毒死だったが、死後一カ月ほど経ってからの発見だったのと、身元を示すような所持品がなかったためである。

長い身元調べの結果、注目すべき人物であることが分かった。かつて、金先物取引の紙切れ商法で日本中を騒がせた、「保全投資協会《ほぜんとうしきょうかい》」の元社員で、神戸《こうべ》支社に勤務したことがある、松井美夫《まついよしお》だったのだ。

じつは、彼が死んでいた「幽霊ビル」は、まだ飛ぶ鳥を落とす勢いのあった頃の、保全投資協会が建てたもので、したがって、松井がそのビルの中で死んでいたというのは、何かしら、栄枯盛衰の冷酷さを物語る、象徴的な出来事のように思えたのだった。

松井はしかし、保全投資協会の詐欺事件に関しては、べつに警察がマークしていた人物――というわけではない。在社当時、松井はまだ平社員なみの存在であった。せいぜい事情聴取を受けた程度で、事件の中心人物と目される連中の中には、まったく含まれていなかった。

だから、警察は松井がなぜ「幽霊ビル」で死んでいたのか、見当がつかなかった。

そもそも、松井の死が自殺なのか他殺なのかさえ、判断がつかなかった。

松井の死体の傍らには、カン入りのコーヒーが転がっていた。残量はなかったが、全部飲んだものではなく、多少残っていたものが蒸発してしまったと考えられた。そう判断したのは、カンの内部と、床の上に、コーヒーの成分がこびりついていたからだ。その中からは、ごく微量ではあったが、青酸性毒物が検出された。

問題はもちろん、その毒物を松井本人の意志で飲んだのか、それとも、何者かによって飲まされたのかということになる。

警察は数カ月にわたって、他殺、自殺の両面から捜査を続けてきた。しかし、現在までのところ、これといった収穫はないまま、事実上、捜査を終結しようとしている。その矢先に起きた、今回の事件である。

じつをいうと、青地警部が城崎署の刑事課長に任命されたのは、一つには前の松井の事件の捜査が思わしくないための、人事刷新という意味もあった。

兵庫県警内部では、青地の推理好きはよく知られており、青地の希望もあることだし、それならいっそ、難航している事件の捜査を任せてみようじゃないか――という、上のほうの思惑もあったらしい。

その青地の着任を待っていたように勃発《ぼっぱつ》した、今回の事件というわけだ。

城崎署内では、署長以下、新任の刑事課長のお手並み拝見――とばかりに、興味半分の野次馬根性で見つめている。

青地自身、そういう状況を感じているから、事件に対する意気込みも違った。とにかく、赴任第一号の大事件であることはたしかなのだ。

死体はビルの三階にあった。これが、もし一階なら、発見はもっと早まったにちがいない。建物の周囲は有刺鉄線で囲ってはいるけれど、近所の悪ガキどもが入り込むことは珍しくない。時には窓から内部を覗《のぞ》き込むことだってあるのだ。いたずらで、窓ガラスを割られて困る——と、管理者側から警察に苦情が持ち込まれたこともある。

もっとも、ガラスを破った程度では、このビルに侵入することはできない。一階の窓は人間の背丈よりかなり高い位置にあるし、窓の格子も人間が潜《くぐ》り抜けることができない程度に細かい。

もし窓から侵入するとすれば、ロッククライミングよろしく、二階か三階の窓までよじ登って、そのガラスを破るしかないだろうけれど、いまだかつて、二、三階の窓ガラスが被害にあったという報告はない。

それでは、一回目の死者である水野や、二回目の松井は、いったいどうやってビル内に侵入したのかという疑問が出る。

青地はもちろん、最初の会議の際に、そのことを訊《き》いた。

「ヤスリを使って、錠を切ったのです」

横尾部長刑事は説明した。水野の場合も松井の場合も、ともに侵入経路は、建物の裏手の金属ドアであったが、同じように、金属の切断に使うヤスリで、ドアのロックの掛け金の部分を切っているのだ。刑務所から脱走する際に使う、アレである。

「ヤスリで切るったって、かなり時間がかかるのとちがうかなあ」

青地は呆《あき》れて、訊いた。

「そうまでして入り込んで、自殺するというのは、おかしくないか？」

「はあ、おかしいと思います。しかし、事実がそうでありますので」

横尾も、それ以外の捜査員も、憮然《ぶぜん》とした顔になった。その奇妙な事実を前に、捜査員たちがどれほど首をひねったか、この新任の刑事課長に教えてやりたいものだ——と、誰もが思ったのだ。

だが、今回はどうやら、前二例とは違うようだ。死者は鍵《かぎ》を使って侵入しているというのである。

鍵は死者のポケットに入っていたそうだ。それは前二回の時と同様である。ただ、ヤスリが鍵に変わったにすぎない。

ただし、今回の侵入経路は、横手にある、もう一つのドアからであった。

「要するに、今回の死者も、松井の場合と同様、旧保全投資協会の関係者ということになるかな」

青地刑事課長は、難しい顔になって、そのドアから建物に入った。

3

遠くから見るかぎりでは、真新しいビルだが、近くに寄って見ると、さすがに、長いあいだ掃除ひとつしていない「空き家」であることが分かる。せっかくのレンガふうタイルも埃《ほこり》にまみれ、ドアを飾るモールも、白っぽい錆《さび》が浮いていた。

ドアを入ると、すぐ階段があった。正面玄関を入ったところには、広いきれいなホールがあるのだが、脇と後ろのドアの中は、きわめて事務的で殺風景にできている。

階段を上がって三階フロアへ行く。三階はエレベーターホールに面してドアが二つあり、左手のドアは応接室にでも使う予定だったのか、二十畳ばかりの清楚《せいそ》な部屋になっている。

右手のドアの向こうは、その奥にある三つの部屋に行ける廊下である。

その廊下側にも、最初の「応接室」に入るドアがある。

死体はその「応接室」の中央に横たわっていた。

死んでいたのは、ポケットの運転免許証から、東京都豊島《としま》区在住の井岡良二《いおかりょうじ》、三十八歳と分かった。名刺には〔株式会社東明商事《とうめいしょうじ》販売部係長〕の肩書があった。

ただちに、住所地と会社に連絡を取ったところ、井岡は一昨日《おととい》の朝、神戸からの電話連絡を最後に消息を絶っており、家族と会社で心配していた矢先だということである。

井岡の死因は毒物の服用によるもので、死後二十四時間以上は経過しているものと考えられた。つまり、一昨日の夜のあいだに死亡した可能性が強いということになる。

会社の話によると、井岡は三日前に神戸へ出張、一泊して帰京することになっていたという。仕事は輸入品の取引に関係する打ち合わせで、神戸の貿易会社を訪問するというものであった。

そっちのほうの仕事は順調に進んだらしい。予定どおり、新神戸《しんこうべ》駅前のホテルに泊まって、翌朝はホテルから電話連絡している。

出発前の予定としては、その日の午前中には新幹線に乗るはずだったのだが、その時の電話で、井岡は、「少し遅れるかもしれない」と言っていた。

その「少し」がずいぶん遅れ、結局、永遠に帰らぬ人になってしまったというわけだ。

現場にはカン入りコーヒーが転がっていた。カンの中に少量と、床の上にコーヒーがこぼれているから、中身は半分だけ飲んだ程度に減っていたものと思われる。

カンはただちに科学捜査研究所に送られ、分析の結果、コーヒーから毒物が検出された。

また、カンからは井岡本人の指紋と、ほかに数個の指紋が採取されている。井岡以外の指紋があるからといって、それが犯人の存在を意味するわけではない。流通過程でカンにふれた人間はいくらでもいるはずだ。

現場に井岡以外の人物がいたかどうかは、はっきりしない。少なくとも争ったような様子や、また、ほかの人間がいたことを示すような、明確な遺留物はなかった。

ただ、井岡が入ったドアの前に、土埃が溜《た》まった部分があって、その上に井岡の靴跡が印《しる》されていたのと、そこにそれ以外の足跡がなかったことから、おそらく井岡は独りでやってきたものと考えられた。

「だとすると、自殺か」

現場から引き上げて、すぐに開いた捜査会議で、青地は刑事たちの顔を見回しながら、言った。

「しかし、東京の家族や会社の人間は、井岡が自殺するとは、到底、考えられないと言っております」

横尾部長刑事が言った。

「それはまあ、大抵の者はそう言うがね。それで、その前に、例の保全投資協会との関わりについては、何か出たのかな?」

「はあ、まだはっきり確認が取れたわけではありませんが、井岡はかつて保全投資協会と関係していたか、もしくは社員であった可能性があります」

「どうして分かったのかね？」

「じつは、家族のほうは、確認を取ろうとした時点では、すでにこっちへ向かって出発したあとだったので、話は聞けなかったのですが、会社の同僚の中に、そうではないかと言う者がおったのです。しかし、その間の事情について詳しいと思われる上司も、家族とともにこちらに向かっておる途中でありますので、確実にそうかは、いまのところはっきりしません」

その家族たちの到着までは、まだしばらくかかりそうであった。

「いずれにしても、井岡があのビルの鍵を持っていた以上、保全投資協会と関係があったか、あるいは保全投資協会の関係者と直接間接に関係していたかのいずれか、ということだろうね」

青地は一応、結論づけた。

その間に、二名の刑事が神戸へ飛んで、井岡が宿泊したホテルでの聞き込みを始めている。その報告がポツポツ入ってきた。

それによると、井岡は会社が言っているとおり、九月三十日の午後四時頃、同ホテルにチェックインし、一泊したあと、十月一日の午前九時過ぎにチェックアウトしている。

その間の井岡の行動ではっきりしている部分は、次のとおりである。

九月三十日　夕刻、ホテルを出る
　　　　　　午後十一時頃ホテルに戻る
十月一日　　午前九時過ぎホテルを出る

井岡の商用は、九月三十日の昼前と午後三時頃まででいったん終わり、翌日はいわば予備日として用意されたものであったらしい。したがって、その夜の一泊は、多少、骨休め的な意味があったと考えられる。

会社側の話によると、井岡のほうから、翌日をそういうふうにしてくれと頼んだそうである。

「もっとも、十月一日は土曜日ですから、休みにしてもいいつもりではあったのです」

上司はそう言っていた。

家族が積極的に捜索願などを出すところまでいかなかったのは、休日を利用して、羽を伸ばしているのではないか——と勘繰ったせいでもあるらしい。

それにしても、一日の午前九時にホテルを出てから、三日の午後、死体で発見されるまで——いや、それ以前に、死亡推定時刻である、一日の夜半までのあいだ、井岡はどこで何をしていたのだろうか？　さらに、どういう経路を辿《たど》って、井岡は現場までやって来たのだろうか？

「こりゃ、ちょっと厄介な事件になりそうだなあ」

青地は頭の後ろで両手を組み、天井を見上げた。

「一応、自殺他殺の両面で捜査するとして、県警本部のほうに、捜査本部設置を打診してみるとするかな」

刑事たちはたがいに顔を見合わせるだけで、反対意見を述べる者はなかった。

青地刑事課長は立って、「では、家族が来るまで、暫時休んでください」と言い、署長室へと向かった。

4

志賀直哉が泊まった宿が「三木屋」だ。現在でも城崎の旧温泉街の中では、一、二を争う大きな旅館である。二階建の純日本ふう旅館で、凹型に広い中庭を囲む、いまどき珍しい、無駄の多い造りであった。

やそうです」

「志賀直哉先生がお泊まりになった頃の建物は、地震の時の火事で焼けてしまったの

少し面長で、頬のあたりがふっくらした、それこそ昔ふうの女将《おかみ》が、そう言った。

「へえー、地震があったのですか?」

浅見はまったく知らなかった。東京では地震は珍しくもなんともないが、関西は地震のないところ——というイメージがある。

「はい、ずっと昔のことですけど」

女将が言った「地震」というのは、大正十四年五月二十三日に発生した「北但大地震《ほくたんだいしん》」のことで、この時、城崎温泉は壊滅状態になった。

谷間に軒を連ねたような温泉町は焦土と化して、死者二七二名、負傷者一九八名。その中には多くの浴客も含まれていた。志賀直哉が城崎を訪れたのは大正二年のことだから、当時の建物ももちろん、灰燼《かいじん》に帰したということになる。

「いまの建物も、その当時の面影をなるべく残すように建てたものやそうですけど、いかがなものでございますやら、私は存じませんので、はい」

それはそうだろう、女将はどう見ても五十歳代がいいところだ。

うちの母親なら知っているかな——と、浅見は横目で雪江を見たが、さすがに口には出さなかった。

「そうなの、それは残念ですわね。でも、志賀さんは、ここでこうして、じっと庭をご覧になっていらしたかもしれないわね」

雪江は二階の部屋の窓から、手すりにもたれるような風情で、大きな池のある庭を見下ろしていた。

「いいえ、志賀先生のお部屋は、玄関を入った辺りの上のお部屋でした」

女将は人間がいいから、客に迎合する術《すべ》を知らない。

「だけど、こうやって池の鯉《こい》を眺めていたのは、そっくりなんじゃないかな？」

浅見が執り成そうとするのに、「その頃は池はもっと小さくて、鯉もおりませんかったようで」と、気がきかない。

「フルムーン」にもかかわらず、雪江と浅見は部屋を別にしてもらった。客の多い時期なら到底、無理な話だが、女将はあまりいやな顔もせずに便宜を図ってくれた。

部屋を別にした理由を、浅見はワープロのせいにした。

「どうしても片付けなければならない原稿があって、夜中にワープロを叩《たた》かないといけないのです」

「そうね、そうしなさい」

雪江もあっさり許可した。母親にしたって、こんなでっかい息子に添い寝する趣味はないにちがいない。

食事の前に、雪江は外湯へ出掛けて行った。滞在中に七つの外湯をすべて踏破すると、意気込んでいる。

城崎温泉の特徴は、この「外湯」にある。城崎へ行ったなら、まずこの外湯に入らなければ意味がないとさえ言われる。

それほどに充実し、豪華で設備のいい外湯が揃っているのには、理由がある。

じつは、城崎には、かつては「内湯」というのはなかったのだ。信じられない話だが、昭和三十一年まで、公式には「内湯」は設置されていなかった。

内湯設置問題がはじめて俎上《そじょう》にのぼったのは、昭和二年のことだが、実際に各旅館に内湯を設けることが認められたのは、昭和二十五年。なんと二十三年間もの長きにわたって、すったもんだのあげく、ようやく認可することになったというわけだ。

そして、それからさらに六年間をかけて新しい源泉を発掘して、内湯への供給が開始されたというのである。

それだけに、城崎の外湯には歴史と伝統の重みのようなものがある。

灯ともし頃ともなると、浴衣《ゆかた》を着た客たちが、カランコロンと下駄《げた》を鳴らして、外湯めぐりをするのが、城崎温泉ならではの風物詩といったところだ。

三木屋の近くには「御所《ごしょ》の湯《ゆ》」というのがあって、まず手はじめにそこへ行くと言って、宿を出た。

浅見はその間、資料の整理をした。たとえ三泊四日の旅だろうと、花の独身居候《いそうろう》たる者、遊んでいるわけにはいかない。

それどころか、例によって、『旅《たび》と歴史《れきし》』の藤田《ふじた》副編集長に「ちょうどよかった」と仕事を頼まれている。

「城崎地方にさ、土蜘蛛《つちぐも》伝説っていうのがあってね、来月号の読み物にしたいと思っているんだけどさ、わざわざ取材に行くほどのヒマな人がいなくて困っていたんだ。浅見ちゃんが城崎へ行くっていうのなら、ついでにやってちょうだいよ」

「僕はヒマ人というわけじゃないですよ」

浅見は一応、反発した。

「あれ、違った？　だってさ、現に、温泉旅行などと、いかにもヒマそうにしているじゃないの。いやなら仕方ないけど、遊びがてらの片手間仕事としちゃ、悪くないと思うけどなあ」

藤田は浅見の無欲を惜しむような口振りで言った。

「それに、ちょっと調べてみると、土蜘蛛伝説というのも、けっこう面白いよ。浅見ちゃん、知ってるかい？」

「多少は知ってますよ。土蜘蛛だの鬼だの大蛇だのというのは、古来、反体制派、あるいはレジスタンスの、ゲリラ的抵抗を邪悪なものと位置づけたいがための、体制側が描いたイメージシンボルみたいなものでしょう」

「ああ、まあそんなところだね。土蜘蛛にかぎらず、戸隠山《とがくしやま》の鬼女、八岐《やまた》のオロチ、そのたぐいはすべてそれだ」

藤田が出して来た、角川書店《かどかわしょてん》刊『日本伝奇伝説大事典《にほんでんきでんせつだいじてん》』には、「土蜘蛛」について、次のように説明してあった。


古代、朝廷に服属しなかった先住の人々のことを、未開の土着民というほどの意で中央から蔑視《べっし》してよんだ称。『古事記《こじき》』中巻、『日本書紀《にほんしょき》』神武紀《じんむき》、『常陸国風土記《ひたちのくにふどき》』などの神話・伝説に見え、これらの記述を総合すると、身長は低いが手足は長く、洞穴に住み、よそ者が来るとその穴にかくれるという。さらに狼のような性質と梟《ふくろう》のような心をもち、鼠のように物を盗むと伝えているが、おそらく文化の低い土着民の風俗習性をツチグモにたとえたものであろう。


「その『土蜘蛛』の伝説が城崎にもあるというんだよね」

藤田は言った。

「もっとも、城崎の土蜘蛛は、城崎の——というより、正確には『但馬《たじま》の』と言うべきものだけどね。そうだ、浅見ちゃん、但馬って言って、どこだか分かる?」

「分かりますよ、そのくらい」

「あ、そう、さすがですねえ。しかし、いまどきの若い者はもちろん、かなり年配者でも『但馬』と聞いても、瞬間的にはぴんとこないかもしれないらしいよ」

「そうかなあ……但馬は兵庫県北部地方でしょう？」

「正解。だけどあれだね、兵庫県ででかいんだね。青森県と山口県を除くと、本州の中で日本海側と太平洋側の二つの海岸線を有しているのは、兵庫県だけなんだよなあ。うちの女房なんか、そのことさえ知らなくてさ、兵庫県といえば、神戸や姫路《ひめじ》しか想起しない地理音痴なんだから驚くよね。しかしあれだね、一般的に言って、美人ってのは地理がまるでダメだね」

「藤田さん、何が言いたいんですか？」

浅見は話の本筋を催促した。

「ああ、仕事のことだっけ。じつはね、その但馬に、かつて、大和《やまと》朝廷に属さない豪族の国があったというんだな。その事実は、『但馬故事記《たじまこじき》』というのに記されているそうだ。この但馬故事記がどういうものであるかとか、その内容は——といったことは、すこぶる難解で、研究者以外、あまり面白くないから説明を省くけれど、とにかく、その但馬国にあって、大和の天孫《てんそん》族に対抗して縄張りを張っているのが『土蜘蛛』とよばれ、恐れられた先住民だったというわけよ。それでね、現在もその土蜘蛛の末裔《まつえい》が、独特の風習を保存し、祭祀《さいし》を行なっているのではないか——というのが、今回の企画のそもそもの発想というわけ。だから、それでね……」

「ちょっと待ってくださいよ。いま聞いた感じだと、なんだか、そういう『土蜘蛛』とかいう先住民族がいたのかどうかもあやふやだし、現在、その末裔が城崎にいるとかいうのだって、ほんとのところどうなのか、分からないみたいだけど……」

「そうよ、『みたい』じゃなくて、ぜんぜん分からないどころか、たぶん、そういう末裔なんていないだろうね」

「え？　それ、どういうことですか？」

「要するにさ、そういう説っていうのは、どこにもあってさ、土地の人の誰それは、その事実を証明している——とか、そういうの、よくあるじゃない。城崎にだって、一人や二人、そういう変わった人がいるんじゃないかなって、つまり、そういうこと」

「なんだ、それじゃ、まるでアテなしじゃないですか」

「まあ、そうとも言えるけど、万一、そういう変わった人がいなかったら、浅見ちゃんがさ、適当にデッチ上げて、書いてみてよ。陰の古代史を彩る、ロマンに満ちた幻想の先住民族『土蜘蛛』の末裔たち——とかなんとか、きれいなタイトルをつけたりして」

「そんな……そんなひどい、いいかげんなことはできませんよ」

浅見は呆《あき》れて、語気が強くなった。

「あははは、まあ、それは冗談だけどさ」

さすがに藤田も気がさしたとみえて、笑って誤魔化した。

「しかしまあ、そう固く考えないでさ、歴史のロマンを探る――みたいな軽い気持ちの読み物に仕立ててもらいたいんだけどなあ……どうかねえ」

「そりゃ、歴史はロマンといいますからね、それなりの事実関係が立証できれば、ある程度の脚色をして、読み物として発表することは構わないと思いますけどね」

浅見も少し軟化して、ともかく仕事を引き受けることにしたのだった。

雪江は風呂《ふろ》上がりのさっぱりした顔で戻って来た。

「いいわねえ、なかなかいいわよ、これは。あと六つ。外湯を回るのが楽しみだわね」

いよいよご満悦といったところだ。

夕食がまた、山陰の海の幸を主体にした、浅見母子ごのみのメニューだった。城崎というと、なんだか山の湯のようなイメージがあったのだけれど、城崎はほとんど海沿いの土地といっていい。

城崎の町と山陰線にそって、ゆったりと流れる円山川は、城崎の前を過ぎてまもなく、日本海に注ぐ。

河口には港があって、海の幸がふんだんに入ってくるのだそうだ。

「いいわねえ、温泉に入って、美味《おい》しいものを頂いて……この歳になってこんな幸せが味わえるなんてねえ。それもこれも陽一郎《よういちろう》さんのお陰ですわよ。感謝しなくてはいけませんわね」

「はあ、ほんとですね」

相槌《あいづち》を打ちながら、(やれやれ——)と浅見は浮かない顔になった。ここまで来て、兄の存在価値を再認識させられたのでは、次男坊たる者、立つ瀬がない。

「でも、今回の旅は光彦にもお世話になったわね。どうもありがとう」

雪江はつけ足しのように言って、微笑しながら、旨《うま》そうにビールを飲んだ。

5

翌朝、浅見は早めに旅館を出て、土蜘蛛伝説の真偽のほどを確かめに歩くことにした。だが、そのことを言うと、雪江は不満そうな顔をした。

「出掛けるのは仕事だから仕方がないとしても、十一時までには、必ず戻っていらっしゃい」

十一時では少し早すぎる。浅見は当惑して、訊《き》いた。

「何かありますか？」

「出石《いずし》へ行きます」

「イズシ……と言いますと？」

「出る石と書いてイズシと読むのです。城崎へ来る前に、そのくらいの知識を仕入れておきなさい」

「すみません。それで、出石に何か？」

「おそばを食べに行きます」

「そばですか？」

「そうです。出石名物のおそばをね」

朝食がすんだばかりだというのに、雪江は大いに気負っている。浅見は元気な母親を、多少持て余しぎみであった。

とにかく出掛けて、まず手はじめに城崎町役場の商工観光課へ行ってみたが、土蜘《つちぐ》蛛《も》族などというのは、まったく知らないという話だった。

「長年、観光パンフレットを作っていますけど、そういう土蜘蛛だとかなんていうのは、聞いたことありませんねえ」

応対した商工観光課長がしきりに首をひねっていた。

「伝説としても聞いたことはありません」

迷惑そうな顔をされた。

「そういう伝説に詳しい人は、どなたかいらっしゃいませんか？」

無駄だとは思ったが、浅見も一応、しつこく訊いてみた。

「さあねえ……知っているかどうかはともかく、伝説だとか、歴史だとかに詳しい人といえば、なんたって教育長さんかなあ」

しかし、教育長も、商工観光課長に輪をかけて迷惑げであった。

「あんた、そういったことを役所に訊きに来るいうのが、間違《まちご》うとるのですよ」

眉《まゆ》をひそめるように、観光課長と同じようなことを言った。

「役所というのは、いま、いきなりこうして出来上がったものとは違いますよ。その発祥の歴史を尋ねれば、聖徳太子《しょうとくたいし》のさらに昔に遡《さかのぼ》らなあかんわけでしてね」

おそろしく大袈裟《おおげさ》な話になってきた。

「つまりあれです、それがいうところの体制というものでありましょうが。しかればですよ、いやしくも体制内にあるわれわれがです、その秩序を破壊するがごとき、先住民族の存在などといったことを、公に認めるわけにいかないのは当然のことでありましょう」

考えてみれば当然の話だ。役場の建前から言っても、中央から「蔑視《べっし》」されていた先住民族の末裔が、現在も生活している——などという事実を、公式にも非公式にも認めていい道理はない。

「はあ、それは確かにごもっともなことだと思います」

浅見はあくまでも低姿勢だ。

「そうは思いますが、単なる伝説としてですね、そういう話だけでも存在したということについては、どうでしょうか？　たとえば、能楽の中にも『土蜘蛛』という演題があるくらいですから、伝説そのものがまったくのタブーというわけでは、決してないと思うのですが」

「うーん……」

教育長は唸《うな》って、しばらく考えてから、しぶしぶ言った。

「私はまったく知らないが、郷土史家の安里《やすざと》さんいう人がおりましてね。その人やったら何か知っとられるかもしれん」

安里はアンリとも読める。どことなく渡来人の名前のようなひびきがある。ひょっとすると安里氏本人が、先住民の末裔である可能性もあるのではないか——と、勝手な空想が広がって、浅見の胸は躍った。

別れぎわに、教育長はわざわざドアのところまで追って来て、言いにくそうにつけ加えた。

「安里さんのとこへ行っても、私の名前を出さんといてもらいたいのですがな」

「は？」

「いや、ちょっとばかし、気難しい人でしてなあ、余計なことをしたと思われるのも何ですしな」

「分かりました、教育長さんのお名前は出さないことにします」

浅見は逆らわなかった。

あちこちと移動するのに不便なので、浅見はレンタカーを借りることにした。三木屋から歩いて五、六分のところに、ガソリンスタンド兼レンタカー屋があった。店主と女性事務員の二人だけ——というちっぽけな店だ。

「ちょうどよろしゅうおました、今日はたまたま一台だけ、車が空いておりますねん」

レンタカー屋のおやじはむやみに愛想がよかった。

「東京のお客さんだすな。今日はどちらまでお越しです？」

「出石です。そばを食べようと思って」

「そらよろしゅうおますな。そしたら伝票を書いている間、ちょっと待っとってくださいや」

おやじはそう言って走って行き、事務員が伝票の書き込みを終えた頃、駐車場から車を運んで来た。

「これしかありまへんのやが、よろしゅうおますか？」

エンジンをかけっぱなしで下りてきて、おそるおそる、訊いた。車はホンダシティ、ソアラに乗りつけた目から見ると、おっそろしく小さい。

「仕方がないですね」

浅見は諦《あきら》めてハンドルを握ったが、ギアをローに入れて、アクセルを踏んだとたん、エンストを起こした。

（やれやれ——）

慣れない車は扱いにくいと思いながら、イグニッションキーを回したが、スカスカと妙な音がするばかりで、エンジンがかからない。そのうちに、じきにバッテリーが切れて、うんともすんとも言わなくなった。

「あきまへんか、やっぱし……」

おやじはがっかりした顔になった。

「ほかにはないのですか？」

「へえ、あるにはあるのやけど、一昨日《おととい》のお客さんが事故りまして、修理中ですねん。もう一台は出とるし……そや、豊岡の店から、一台、回してもらいますわ」

妙案を思いついたように、急いで電話をかけた。

「そしたらお客さん、もうちょっと待っとくれやす。いま、こっちへ向かって、運んで来ますさかい。こんどは、ええ車が来まっせ、マツダのファミリアでんがな」

十分ほど待つと、ファミリアがやって来た。初老といっていい年齢のおばさんが車から下りてきて、「これでいいのかいの？」と言った。

おやじが自慢したほどのことはなく、型式の古いファミリアだったが、手入れもよく、室内もきれいだ。何はともあれエンジンがちゃんと動いた。

浅見がOKをだすと、おばさんは嬉《うれ》しそうに白い歯をみせた。

安里の家は城崎町のはずれに近い、山ふところに抱かれた一軒家だった。木造の平屋で屋根はトタン葺《ぶ》き。いかにも雨露をしのげればいい——といった、飾り気のまったくない建物だ。

車の中から窺《うかが》うと、裏手に小さな堂が建っているのが見えた。庭先の楠《くすのき》の大樹に注連縄《しめなわ》が張ってあるところから察すると、何か信仰に関連している人物なのかもしれない。

浅見は少し、気が萎《な》えるのを感じた。どうも、信仰だとか信心だとか、そういうものが苦手の男だ。

家の軒下にも、やや雨曝《ざら》しの気味がある注連縄が下がっていた。

浅見は宮崎県の高千穂《たかちほ》で、やはりこれとそっくりの家を訪ねたことを思い出した。

世を拗《す》ねたような老人が、独りきりで住んでいた家だ。安里という人物も、あの時の老人と同じタイプだとしたら――と想像すると、気が重くなった。

それでもとにかく、戸口の前に立って、案内を乞《こ》うてみた。

ガラリと板戸が引き開けられ、若い男が現れた。

「はい、何でしょう？」

男は平板だが、土地訛《なま》りのない、はっきりした口調で言った。

若い――と思ったのは、それ以前に「世を拗ねた老人」というイメージを思い描いていたためである。目の前の男は、若いといっても浅見よりはいくぶん年長に見える。やや小柄だが、色白で、いかにも眉目《びもく》秀麗といった印象だった。ジバンシーか何かの、銀縁の眼鏡がよく似合っている。服装もブランド物のスポーツシャツにカーディガンという、スキッとしたいでたちだ。

浅見は内心、面食らった。こういう「賤《しず》が家《や》」にはまるで似つかわしくない、いわば都会的な人物が現れるとは、考えてもいなかった。

「あの、失礼ですが、安里さんですか？」

「ええ、そうですけど」

「じつは、郷土史家の安里さんと聞いてきたのですが」

「ああ」

安里は笑った。

「それは私ではありません。私は孫の利昌《としまさ》です。郷土史なら祖父のことでしょう。祖父は確かに郷土史の勉強をしていましたから」

「あ、そうでしたか。それで、お祖父《じい》さんはいまご在宅ですか？　もしいらっしゃるなら、ちょっとお話をお聞きしたいのですが」

「はあ、いるにはいますが、お話しできるような状態ではありませんよ」

「ご病気ですか？」

「ええ、まあ、そうです」

「そうですか……」

浅見は落胆した。妙なもので、あれほど気が進まなかった相手なのに、駄目と分かると、逆に会いたくなる。

「申し遅れましたが」

浅見は肩書のない名刺を出した。

安里は外の光が明るすぎるのか、顔をしかめるようにして、名刺を見た。

「浅見さん……」

呟《つぶや》いた時、ほんの一瞬だが、浅見は安里の表情に、言い知れぬ苦渋のようなものが浮かぶのを見たと思った。

「東京から見えたのですか？　それは遠いところ、ご苦労さまですねえ」

しかし、安里はすぐに表情を元に戻して、にこやかにねぎらいの言葉を言った。

「ええ、東京の出版社の依頼で、こちらに伝わるという土蜘蛛《つちぐも》伝説について取材しに来ました」

「土蜘蛛？」

「ええ、そうです。いかがでしょう。あなたは何か、土蜘蛛の話について、ご存じではありませんか？」

「さあ……私はずっとここにいなかったものですからね。地元のことについて、そう詳しいわけではないのです」

「あ、そうだったのですか。道理で、ずいぶん都会的なひとだと思いました」

「ははは、都会的ですか、それはたぶん、褒め言葉なのでしょうね」

「ええ、もちろんそのつもりです」

浅見は妙に気圧《けお》されるものを感じた。

人間の格というのだろうか、そういう点において、安里のほうが自分より一枚上手《うわて》のような気がした。

ただし、そう思う一方で、安里の美しい目の中に潜む、何か得体の知れぬ、濁りのようなものを感じていた。

「土蜘蛛というと、家の土台や樹木の根っこのところに、袋みたいな巣を作る、あの土蜘蛛のことですか？」

安里は訊《き》いた。

「ええ、本物の土蜘蛛はそうですが、僕が調べたいのは、伝説上の土蜘蛛で、いわゆる先住民族のことです。つまり、かつてこの地方にあって、大和朝廷に抵抗していた種族のことを、土蜘蛛族と言ったという、そのことなのです」

「ほう、そういう種族がいたのですか」

「そういう伝説です。その末裔《まつえい》が、いまもなお、この辺りに生活しているという説もあるのだそうです。たぶんお祖父さんならご存じだと思うのですが」

「そうかもしれませんね」

安里はしばらく考えてから、言った。

「それじゃ、祖父の状態がいい時に、聞いてみて上げますよ。それで、こちらの住所に連絡すればいいですか？」

「ええ、それで結構ですが……もし、明日《あした》か明後日《あさって》にも聞いていただけるのなら、まだ城崎に滞在しておりますので、そちらにご連絡していただけるとありがたいのですが」

浅見は三木屋にいることを告げて、安里家を引き上げた。

第二章　亡霊たちの棲《す》み家《か》

1

急いで帰ったつもりだが、三木屋に帰り着いたのは、正午少し前だった。

案の定、雪江はおかんむりで、玄関先に出て待っていた。

「しようがないわね、親をいつまで待たせるのですか？」

小言を言いながら、さっさと履物を履いて車に乗り込んだ。

「小ぢんまりしていて、なかなかいい車じゃないの。あなたもね、この程度の車がちょうど身分相応なのですよ」

助手席に乗って、早速、いやみを言う。

「後ろに乗ったほうが安全ですよ」

浅見は敬遠したくて、勧めた。

「いいのです、前のほうが眺めがいいでしょう」

「じゃあ、シートベルトをしてください」

「そんなもの、しなくても大丈夫ですよ。年寄り扱いはおやめなさい」

「いや、そうじゃなくてですね、それが規則なんです」

「あら、いつからそうなったの？」

「二年か三年前からです」

「なるほどねえ、それは生命保険会社の陰謀ですよ」

「はあ、そうなのですか？」

「そうに決まっているじゃありませんか。死亡事故が減れば、保険会社は支出がグンと減るのですから」

「なるほど……」

浅見は感心した。よくもまあ、そういうひねくれた発想が、即座に湧いて出るものだと思った。このぶんだと、母親は当分、耄碌《もうろく》しそうにない。

車は温泉街をゆっくりと走り抜けると、踏切を渡り、円山川沿いの道を南へ向かった。

豊岡への道程の半分まで行かないうちに、左側にレンガ模様のビルが見えてきた。昨日、列車の窓から見えた、あのビルである。

ビルの門内にはパトカーが一台停まり、赤色ランプを点滅させている。

「何があったのですかね？」

浅見は車のスピードを落とした。

「交通事故か何かでしょう」

「いえ、そうじゃないと思いますよ。事故なら、処理してしまえば、いつまでもパトカーがいる必要はありませんからね。それに、建物の前に警察官が二人出て、警戒している様子です。あれもふつうじゃないな」

車が近付くにつれて、建物の周囲に張り巡らされた、例の黄色と黒のだんだらのロープも見えてきた。

浅見は磁石に引っ張られるように、車を門前の凹《へこ》みに乗りつけた。

「およしなさい、光彦」

雪江は眉《まゆ》をひそめて叱《しか》った。

「はあ、ちょっとだけです」

浅見は母親がそれ以上、何も言わないうちに、車を飛び出すと、門内のパトカーに走り寄った。

パトカーの巡査は驚いて、ドアを開けた。

「あかんよ、あんた、あかん、あかん。入ったらあかんよ」

警棒を差し出して文句を言った。

「あ、ちょっとすみません。道をお尋ねしたいのですが」

「道？　どこへ行くんかね？」

「出石へ行きたいのですが」

「出石やったら、この先をまっすぐ行って、豊岡を過ぎる辺りで標識を注意して行けば分かるがな」

「あ、そうですか、どうも……ところで、何かあったんですか？」

「ん？　いや、べつに何もない」

「そんなはずないでしょう、昨日から捜査しているじゃないですか。殺人事件でもあったのですか？」

「いや、そういうわけやない……あんた、新聞見んかったのか？」

「いえ……」

しまった——と浅見は思った。朝、少し寝坊したのと、急いで役場へ出掛けたのとで、新聞もろくろく読んでいなかった。

「なら知らんわな。もっとも、小さく出とったから、たとえ読んどっても、気がつかんかもしれんがな」

「すると、やっぱり殺人事件ですか？」

「いや、そうやない。たぶん自殺やろうけど、とにかく、このビル内で人が死んどったいうことや」

「そうだったのですか……」

浅見はあらためて建物を眺めた。

「このビルはいったい何なのですか？　見た感じでは、使っていない様子ですが。その割りにはずいぶんかっこいいし」

「潰《つぶ》れた会社のビルで、ずっと空き家になっとるんだな」

「へえー、これだけのビルをですか。しかし、もったいない話ですねえ」

「そうやな、一時はえらい勢いの会社やったが、このビルを建てた頃からガタガタッとなって、ほれ、全国的に被害者が出て、えらい騒ぎになったやろ……あ、あんた、車の中でおばあさんが待っとるんとちがうか。こっち見て、なんやら怒ってはるみたいな顔しとるで」

「ああ、あれはおふくろです。出石へ行ってそばが食べたいと言うのです。もう年寄りは我《わ》が儘《まま》でかないません」

「ははは、そう言うたらあかんな。しかし、出石のそばはほんま、旨《うま》いで。そら、おふくろさんは喜びはるわ」

「ええ、まあ親孝行だと思って、無理を聞いてやるのです」

「そや、それがええで」

「ところで、潰れた会社というのは、どこなのですか？」

「ああ、それも新聞に出とったのやけど、あんたも名前ぐらいは知っとるやろ。ほれ、例の保全投資協会いう会社や。金の先物取引の詐欺事件があったやろ」

浅見はほとんど口がきけないほど驚いた。知っているどころではない。かつて保全投資協会幹部による隠匿財産にからんで、浅見の旧友で漆原《うるしばら》という男が殺されたという事件がある。その事件を推理し、解決したのが浅見だったのだ。（『漂白《ひょうはく》の楽人《がくじん》』参照）

「それじゃ、この建物が、あの保全投資協会の建てたものだったのですか」

保全投資協会の残党たちが、最後に残された財産を、血まなこになって捜し、それに抵抗して生命を落とした旧友のことを思いだすと、感慨無量だった。

保全投資協会は崩壊した。社長が報道陣の見守る中で、無残にも殺されるという、ショッキングな事件もあった。全国に何万とも何十万ともいわれる被害者の救済は、ほとんど絶望的だろう。

そして、事件に対する社会の記憶は、そういう被害者の嘆きや悲劇をよそに、いつのまにか風化しようとしている。

だが、保全投資協会事件の落とし子は、いまだにこうして生きているのだ。考えてみれば、保全投資協会が集めた、何千億と言われる資産の行方すら、確実に全部が全部、判明したわけではない。

浅見が発掘した隠匿資金だけでも、何百億円という莫大《ばくだい》なものだったが、それだって氷山の一角にすぎないのかもしれない。

浅見が黙りこくったので、巡査はいくぶん薄気味悪そうだったが、それをしおにパトカーに戻ってしまった。

浅見も車に引き返した。

「何をいつまでも話していたのです？」

雪江は詰問口調で言った。

「はあ……」

浅見は車をスタートさせた。

「じつは、いまのビルの中で殺人事件があったそうです」

「だめですよ、光彦」

とたんに、雪江は言った。

「首を突っ込むのは絶対にいけませんよ」

「はあ、分かってますが……」

煮え切らない返事をした。

「ますが……何なの？　はっきりおっしゃいな」

「あのビルですが、驚いたことに、例の保全投資協会の持ち物だったそうです」

「保全投資協会の？……」

これには、さすがの雪江も驚いた様子だった。

「しかも、中で殺されていたのが、どうも保全投資協会の残党らしいのです」

浅見はかなり脚色して言っている。第一、殺人事件かどうかさえまだはっきりしていないのだ。さらに、死んだ男が保全投資協会の残党だなどというのは、まったくのつくり話である。

しかし、つくり話ではあっても、浅見には妙に確信のようなものがあった。なぜ——と訊《き》かれると困る。理由などない。しいて言うなら、浅見一流の勘とでも言うほかはないだろう。

「だめですよ、光彦」

雪江はいっそう語気を強めて、言った。

「保全投資協会だろうと何だろうと、事件に首を突っ込むのは、断じて許しませんからね。いいわね」

「はあ……兄さんに迷惑がかかるようなことはしません」

「そうです。それが分かっていればいいのです」

雪江は頷《うなず》いたが、まだ心配そうに、出来の悪い次男坊の横顔を盗み見た。

2

出石は城下町である。かつて但馬地方を治める守護職の城があったところで、十四世紀から十六世紀にかけては、山名《やまな》氏の支配によって栄えた。

とはいうものの、浅見は出石町《いずしちょう》のことを、ほとんど知らなかった。なにしろ、出石が「イズシ」と読むことさえ知らなかったほどなのだから。

出石は素朴だが、情緒豊かな町であった。城崎もそうだけれど、この辺りの町は、どことなく、社会の喧騒《けんそう》から置き忘れ去られたような、少し時代を後戻りしたような、不思議な魅力がある。

町は小さく、建物も大きなビルなどはほとんど見当たらない。その代わり、樹木の多さが目についた。多いばかりでなく、大きな木がいたるところに聳《そび》え立ち、天空に枝葉を広げている。

街をそぞろ歩きするだけでも、何かしら、ほっと寛《くつろ》げる気分であった。

道路は狭いが、碁盤の目のように行儀のいい街並だ。そしてどこへ行っても「出石そば」の看板や暖簾《のれん》に出会った。

浅見親子は路地を曲がったところにある、間口の小さな店に入った。間口は狭いが、奥行きはウナギの寝床然として、おそろしく深い。狭い通路の左右に座敷があって、そこに上がって食事をする仕組みだ。

部屋はお世辞にもきれいとはいえない。大きな徳利など、昔の焼き物や什器《じゅうき》類などが、壁や戸棚に雑然と並んでいる。ちょっと見には物置同然だが、これがまたなんとも風情があって、雪江を喜ばせた。むろん浅見もこういうのは嫌いではない。

「ご注文は？」

白い上っ張り姿の、いなせな若いおニイさんが訊いた。

「ええと……」

メニューを探したが、どこにもない。壁の貼《は》り紙には、「一人前六百五十円」とだけ書いてある。

「あの、どういうものができるの？」

浅見は困って、訊いた。

「皿そばですが」

おニイさんも当惑ぎみだ。どうやら、それ一種類しかできないらしい。

「じゃあ、それを二人前ください」

隣の座敷のアベックは、もの慣れた様子で「二人前と五枚」と注文している。どうという意味か分からない。あとで判明したところによると、一人前というのは皿そば五枚のことで、それで足りない場合には、さらに「何枚」という注文を出すのだそうだ。皿そばというのは、ふつうのザルそばを皿に盛ったようなものと思えばいい。その点では、盛岡《もりおか》のわんこそば、出雲《いずも》そばなどと似ていないこともないけれど、ここのはやはり、そば自体が旨《うま》い。それに、薬味に工夫があって、いくらでも腹に収まる。

浅見は結局、十七枚食べた。

雪江のほうは十枚をようやく――といった感じで平らげたが、充分、堪能《たんのう》したらしい。たしかに旨いそばではあった。

「おなかごなしに、少し歩きましょう」

そば屋を出ると、雪江はそう提案した。行く先は出石焼《いずしやき》の店である。雪江にとって、それも、今回の旅の重要な目的であった。

出石焼は白磁で、起源は古いのだが、本格的な地場産業として定着したのは、明治初頭だそうだ。現地に良質の陶石を産出するのだが、技術が伴わなかったのを、佐賀県から指導者を招いて、美術工芸品の域にまで高めたものだ。

浅見は陶器に特別な興味があるわけではないが、母親に付き合って、出石焼なるものを心ゆくまで見学させられた。

訪ねたのは天沢信孝《あまさわのぶたか》という、出石焼随一の作陶家の直営店で、店と住居が一緒になっているらしい。

店の中はあまり広くはないけれど、江戸時代に建てられた豪商の家だそうで、黒光りした柱や梁《はり》、階段下の小引き出しなど、歴史の重みを感じさせ、いかにも風格のある造りであった。

そこに壺《つぼ》や花瓶、食器など、百点あまりが展示されていて、七十歳ぐらいの老女と、二十歳を少し越えた程度の娘と、二人が店に出ていた。

出石焼の白磁は、どれも優しい風合だ。大きなものでも、重さを感じさせない繊細さがある。わざとらしさや押しつけがましさのない、ひっそりとした処女のようなはじらいがある。

その作品群の中で、肌にかすかなピンクを帯びた、高さ四十センチばかりの縦長の花瓶が、浅見を惹《ひ》きつけた。柔らかく膨らんだ胴のあたり、大きな牡丹《ぼたん》の図柄が浮かせ彫りになっている。

「これ、おいくらぐらいですか？」

試しに訊いてみた。

「三十万円です」

若いほうの女性が答えた。

「はあ……」

浅見は口をポカンと開けた。彼の一カ月分の収入に匹敵する。

「これ、とてもきれいでしょう?」

娘はうっとりしているような目で花瓶を眺め、言った。

「いまここにある父の作品の中で、私はこれがいちばん好きです」

「あ、じゃあ、あなたはお嬢さんですか」

浅見はいくぶん敬意を感じさせる目で、あらためて彼女を見た。

「あの、買っていただけませんか?」

いきなり言われて、浅見はドキリとした。一瞬、彼女自身を買ってくれと言われたのかと錯覚した。

「え? これを、僕がですか?」

娘は希望に満ちた目で浅見を見上げ、「ええ」とうなずいた。

「無理ですよ」

後ろから雪江が、冷たく言った。

「この子は目下のところ、車のローンで手いっぱいなんですから」

それでも娘は、浅見の返事を待って、視線を外さない。彼女のリスのような瞳《ひとみ》でまともに見つめられて、浅見は困って、ドギマギして、顔が赤くなった。

「無理にお勧めしたら、あきまへんよ」

老女が娘を窘《たしな》めた。その口振りから察すると、どうやら娘の祖母にあたるらしい。

「そうかて、ええお客さんに買《こ》うてもらいたいんやもの」

娘は柔らかい口調で反発して、ようやく視線から浅見を解放した。

「なんとか……」

浅見は呪縛《じゅばく》から解き放たれたように、言った。

「なんとか、買う方向で努力したいと思います」

われながら政府答弁みたいだな——と恥ずかしくなったが、気持ちとしては真剣だった。ここでクレジットカードから三十万円を支払った場合、はたしてどういう結果が生じるか、素早く計算している。

「無理無理、無理ですよ」

雪江はまた言い、「わたくしは、これをいただきますよ」と、枯れ葉をデザイン化した、ごく薄手のかわいらしい銘々皿を手に取っている。

「買います」

浅見は断固たる勢いで、宣言した。

「これ買います。東京ですが、送っていただけますね?」

名刺を出して、娘に突きつけた。

「ええ、お送りさせていただきます」

祖母や雪江がいなければ、「やったーっ」とでも口走りそうな、娘の表情であった。

「おまけとして、このお茶碗《ちゃわん》……あの、夫婦《めおと》にしておつけします」

一客七千円もする茶碗を二客、ガラスケースの上に載せた。やはり白磁の、美しい茶碗であった。祖母は「しょうがないこと」と言いたげな目でチラッとこっちを見たが、すぐに諦《あきら》めて、五客で一万円の銘々皿を包む作業に戻った。

「僕はまだ独身ですが」

浅見は「夫婦茶碗」と言われたことにこだわって、余計な言い訳をした。

「でも、あの、いずれはご結婚なさると思いますけど」

娘は二つの茶碗を寄り添わせるようにして、上目遣いに浅見を見た。

「それはまあ、その方向で努力するつもりではありますけどね」

浅見は憮然《ぶぜん》として、怒ったように言った。それに対しては、しかし、雪江は「無理ですよ」とは言わなかった。

その代わり、店を出て、車に乗るやいなや「無茶な買物をしたこと」と貶《けな》した。

「しかし、あれはいい物ですよ」

「そんなこと、言われなくても分かっています。でもね、分相応というものがあるでしょうに」

「はあ……」

「あの娘さんに、上手に乗せられたというわけかしらね」

「そうでしょうか」

「そうですとも。若い娘さんにお上手を言われて、すぐその気になって……困ったものです」

これには浅見は返す言葉がなかった。

とはいえ、何を言われようと、あの娘のリスのような瞳は、浅見の胸の中に、幸福な記憶として残っていた。

3

県警本部からの回答は色よいものではなかった。

「差し当たり、所轄でやってくれということだ」

署長は申し訳なさそうに言った。

「鑑識と応援の捜索隊ぐらいは出せるが、はっきり言って、自殺の可能性が濃厚な事件に、特別捜査本部を開設するほどの人員は回せないと言っている。とりあえず、隣接署の応援ぐらいでやってくれということだな」

「分かりました」

青地刑事課長は了承した。彼自身、井岡良二の死については、自殺の心証が強いせいもあった。

とにかく、井岡は鍵《かぎ》を持っていて、建物に侵入し、毒物の入ったカンコーヒーを飲んで、死んだのだ。

そこに第三者が介在した印象は、まったく感じられない。青地の心証もそうだったし、県警の連中もそう思ったにちがいない。

しかし、昨夜やって来た井岡の妻と勤め先の上司や同僚は、絶対に自殺ではない――と強く主張した。自殺する背景は何もないし、自殺を匂わすような言動もまったくなかったと言うのである。

「主人は神戸からの電話で、息子にお土産を買って帰るって、そう言っていたんですからね」

井岡の妻は涙を浮かべた目で青地を睨《にら》みつけて、言った。

「殺されたんですよ、ぜったい間違いありませんよ」

「殺されたって……」

青地は辟易《へきえき》しながら、訊《き》いた。

「そんなふうに、はっきり断言されるというからには、何か殺されるような心当たりでもあるのですか？」

「心当たりなんて……そりゃ、井岡は以前、ああいう会社に勤めていましたから……」

「それは保全投資協会のことをおっしゃっているのですか？」

「え？　ええ、そうです」

「じゃあ、やっぱり井岡さんは保全投資協会に勤めておられたのですね？」

「ええ……でも、あれは井岡には何の責任もありませんよ。むしろ井岡だって、騙《だま》されていたという意味では被害者なんですから。それなのに、何も知らない人たちは、井岡をまるで犯罪者扱いしたり、金を返せだとか、死んでしまえとか。私や息子にまでひどいことを言うんですからね。いったい、私や息子に何の責任があるって言うんです？　金を返すどころか、主人なんか、給料だってろくすっぽもらっていないんですよ。会社はあんなに儲《もう》けてやがったくせにって、主人はいつも怒ってましたよ。おまけに、失業してから、再就職したくても、保全投資協会にいたことがバレると、ぜんぜん相手にしてくれないし、こちらの会社でようやく使っていただけたからいいようなものだけど、ほんとに、一家心中を考えたことだって、何度もあるんですから」

「そうするとあれですか」

　井岡の妻がひと息ついた瞬間を見すまして、青地は口を挟んだ。そうでもしなければ、彼女の饒舌《じょうぜつ》は永遠にやみそうになかった。

「要するに、奥さんは、ご主人を殺したのは誰だと考えているのです？」

「そんなの……そんなの、分かりませんよ。それを捜すのが警察の役目でしょう」

「それはもちろんですが、いまの奥さんの話を聞いているとですね、井岡さんを殺したがっていたのは、保全投資協会の詐欺にあった被害者の人たちみたいに聞こえたのですが、ちがいますか？」

「それは……」

さすがに井岡の妻も、そこまでは断言できない。

「すでにご存じだと思いますが、井岡良二さんは鍵を持っていて、あのビルに入ったのですよ。そして、カンコーヒーに毒を混入したものを飲んで亡くなった。現場には争った形跡もなければ、ほかの人間がいたかどうかすら、はっきりしないのです。これではどう見ても、自殺と考えるのが妥当な状況ですがねえ」

「でも違いますよ。だったら、どうして子供にお土産の約束なんかしたんです？」

「さあ、それは分かりません。お土産の約束をしたあとで、何かがあって、自殺する気になったのかもしれませんよ」

「冗談じゃないですよ」

井岡の妻は金切り声を上げた。目は吊《っ》り上がり、唇はワナワナと震え、精神状態が限界近くまできていることを物語っている。

「け、警察はろくすっぽ調べもしないで、よくもそんないいかげんなことが言えたもんだわね。じゃあいったい、主人はそのあと、どこで何をしていたって言うのよ。何があったから、こんなところまでノコノコやって来て死んだって言うのよ。え？　言ってごらんなさいよ。言えないでしょう。ほれごらんなさい。主人はね、殺されたんですよ。絶対に殺されたんです」

井岡の妻の悲痛な叫びは、青地刑事課長の耳にしみついていた。

県警の協力がなければ、城崎署刑事課のたった七名のスタッフでは、捜査を展開しようにもどうにもならない。隣接署の応援といったって、各署ともそれぞれ事件を抱えているのだから、他署の「自殺事件」の捜査に人員を割いて寄越《よこ》すほどの余裕があるはずはないのだ。

捜査会議を開いてみたが、これといった報告は聞けなかった。

会議の参加者は五名だった。残りの二名は窃盗事件の捜査に従事している。

「幽霊ビルの警備にあたっておった交通課の森本《もりもと》巡査が、さっき、妙な男の話をしていました」

何も話題がなくなって、お開きになるかと思われた時、富田《とみた》という若い刑事が世間話のように切り出した。

「なんでも、いきなり車を停めて、幽霊ビルの門内にいたパトカーめがけて走り寄って来よったのだそうです」

「ふーん……」

青地は少し興味ありげな顔になった。ほかの連中も、お付き合いのように、富田刑事の話に注目した。

「最初は出石へ行く道を訊いておったのですが、そのうちに、事件のことを訊き出そうという感じになって。それがなかなかツボを心得たいうのか、森本巡査はブン屋さんかと思ったのやそうです。それで、うるさいやっちゃと思って、適当にあしらっとって、最後に、あのビルが保全投資協会の持ち物やったいうことを言ったとたん、男は顔色を変えたいうことです」

「顔色を変えた？」

青地は訊き返した。

「はあ、そういう印象やったそうです」

「ちょっと、交通課へ行って、森本君を借りてこいや」

青地は横尾部長刑事に命じた。

制服姿で、腕に緑の腕章をつけた森本巡査は、私服ばかりの刑事の中に入って来るのを、少し躊躇《ためら》った。

「やあ、悪い悪い、ちょっと話を聞かせてくれんか」

青地は立ち上がって、自分の正面の椅子《いす》に座るように指差した。

「けったいな男がいたそうやな」

わざとくだけた口調で言った。

「はあ、その時は、さっさと追い払いたいと思っておったし、その男の車には母親らしい年寄りがおったもんで、あまり気にもとめんかったのですが、あとになって思うと、何やらけったいな男やなあ——という、そういう印象でありました」

「それでだね、そいつは道を訊いたのやそうだな？」

「はあ、出石へ行く道を訊きました。言葉の感じからいうと、東京辺りの人間かと思います。たぶん城崎温泉にでも泊まって、レンタカーを借りてドライブをしとったのやと思いますが」

「レンタカー？」

青地は目を見開いた。

「レンタカーだとどうして分かった？」

「それは、ナンバープレートを見たからであります。長年交通課におったせいでしょうか、無意識にナンバーを見る癖がついておりまして」

森本は恥ずかしそうに言っているが、青地は感動的と言ってもいいほど喜んだ。

「いや、ありがとう、ともかく、その車を借りた男を捜してみようや」

城崎のレンタカー屋はたった二軒である。豊岡にも二軒。あとはこの付近にレンタカー屋はない。

そして、調べはじめてものの三十分のうちに、早くも「ホシ」は判明した。城崎のレンタカー屋でマツダファミリアを借りた、浅見光彦という男が浮かび上がったのである。

その浅見は、城崎温泉の三木屋に、母親と称する老女と宿泊していた。

4

三木屋で雪江を下ろしてから、浅見はレンタカーを返しに行った。

「どないでした、出石の皿そばは？」

レンタカー屋のおやじは、愛想がいい。

「旨《うま》かったですよ。それに出石は雰囲気がよかったなあ」

「そうでっしゃろ……そや、行く途中、円山川のほとりに、きれいなビルがおましたやろ。あそこで人が死んではったいう事件、知ってましたか？」

「あ、あのビルね。パトカーが停まっていたもんで、物好きに聞いてきました。事件のことは新聞に出ていたそうですね。それは気がつかなかったのだけど」

話しながら料金を払った。店の中には客らしい男が二人いた。店の奥の柱の陰に客らしい男がちらりと見えた。もしかすると、予約の客かもしれない。

「あの車、明日《あした》も借りたいのだけど、空いてますか？」

そっちの客を気にしながら、訊《き》いた。

「え？　ああ、空いてる思いますよ。一応、豊岡の方に聞いときますが、明日はどちらへ行きますのか？」

「日和山《ひよりやま》から余部《あまるべ》の鉄橋を見に行こうと思ってます。たしか、海岸線を走る、マリンラインとかいう道路がありましたよね？」

「ああ、あります。景色のええ道路でっせ。そらお楽しみや、お母さんも喜びはるでしょう」

「そうですね、しかし、彼女がもっと若い女性だといいのだけどねえ」

「ははは、そらいえてますなあ」

レンタカー屋を出て、温泉街をのんびり歩いた。シーズンオフとはいえ、夕刻近くなって、到着した客も多いのだろう、街をそぞろ歩きする浴衣《ゆかた》姿の人々と、幾組も行き合った。思ったより、若い女性の姿が多い。

旅の楽しさの一つに、そういう見ず知らずの人たちと、現在のこの空間を共有しているという、何かしら連帯感のような温かさを味わうことがある。

彼らと同じように、土産物店を冷やかし歩きながら、浅見はふいに「おや？」と気がついた。

（妙だなあ——）

レンタカー屋のおやじが、「お母さんも喜びはるでしょう」と言ったのが気になった。

しかし、それはほんの一瞬の、取るに足らない疑問として、すぐに気持ちの中を通過していった。

宿に着くと、雪江はたったいま、外湯めぐりに出掛けたということであった。

「三つ、入ってみえる言うてはりましたさかいに、小一時間はかかるのとちがいますやろか。ほんま、お湯の好きなお母さんで、結構ですなあ」

まだ若い色気の残る女将《おかみ》が、そう言って笑っていた。

雪江はその頃、城崎七湯のうち、もっとも由緒の古い「鴻《こう》の湯《ゆ》」に浸《つ》かっていた。

鴻の湯は舒明《じょめい》天皇の時代（六二九〜六四一年）、足を怪我したコウノトリが、湯に浸かって傷を癒《いや》していたことから発見されたと伝えられる、いわば城崎温泉発祥のきっかけとなった湯である。

山の家ふうの素朴な様式の建物で、観光客にももっとも人気のある湯だそうだ。

雪江は出石の街を歩いて、少し疲れぎみであった。三つの湯を回る予定だったが、ここだけでやめておこうかな——という気分になっていた。

広々とした湯船につかり、目を閉じると、どこか遠い世界に遊ぶような、心地好《よ》さに浸ることができる。

湯にはほかに数人の客がいた。外来の客ばかりでなく、地元の客も多いのを、昨日からの「外湯体験」で、雪江は知った。

「幽霊ビルでまた人が死んどったのやね」

新しい客が入った気配を感じたとたん、いきなり、殺伐とした会話が聞こえてきた。目を開けると、地元の主婦らしい、五十年配の二人連れであった。

「毒を飲んでおったいうことやわ」

「刑事さんは、また保全投資協会の関係者やないか言うてはったで」

「もう、ええかげんにしといてもらいたいなあ」

「三人目やもんな」

「今度は鍵《かぎ》を持っておったそうや」

「前の二回は、ヤスリで錠を切ったのやろ」

「そうや、今度のは鍵を持っておったいうことからして、保全投資協会の関係者であることはまちがいないわな」

「やっぱし、ああいう会社におったいうことがあると、どこも就職させてもらえへんのやとか、警察の人が言うてはったわ」

「そやけど、二度目と三度目は保全投資協会関係だとしても、最初の水野さんは、なぜ死んだのか、さっぱりわからんいう話やそうやないの。警察も頼りないで」

「そうかて、保険の勧誘がうまいこといかんかったのが、理由やとか言うてはったんとちがう?」

「警察はそういうことにしたみたいやけど、わたしは違う思うわねえ」

「違うって、ほたら何ね?」

「分からへんけど、保険の勧誘のせいとは違う思うなあ。わたしかて、保険やったことあるけど、その程度のことで死ぬいう気にはならへんと思うわ。あれはおかしいなあ」

「そうやねえ、家のひとも自殺いうことは絶対ない言うてはったみたいやし」

「警察は面倒くさいもんで、さっさと自殺で片付けてしまうんよ。まったくアテにはならんわねえ」

警察の悪口を言われては、雪江は黙っていられなくなった。

「あの、ちょっと伺いますけど」

声をかけると、二人の女はあまり驚いたふうもなく、「はい?」とこっちを向いた。

湯の中では、誰もが裸の付き合い——ということかもしれない。

「いまのお話ですけど、三人目だとかいうのは、あそこの、豊岡のほうへ行く途中にある新しいビルで起きた事件のことですか？」

「ええ、そうです……あ、すみませんなあ、気色悪い話をしてしもうてからに」

女はケラケラ笑った。豊かな胸が揺れて、湯の表面に漣《さざなみ》が立った。

「警察が自殺で片付けたのは、ふに落ちないとおっしゃってましたけど」

「そうですのよ。いいえ、わたしらばかりでなく、町の人間は誰もがそう思うてます。そうかて、昨日まで元気で楽しそうにしてはった人が、急に自殺せなあかんいうのは、どう考えたかてけったいな話ですものなあ」

「でも、警察が自殺というふうに断定したからには、何かそれなりの根拠があるのじゃありませんか？」

無意識に警察の名誉を代弁するような口調になった。

「……あの、奥さん、警察にお知り合いでもいてはるのですか？」

女はオズオズと訊いた。

「え？　いえ、べつに、そういうわけじゃありませんけど……」

雪江は慌てて否定した。まさか警察庁刑事局長の息子がいるなどとは言えない。

「それやったらええけど」

女はほっとした顔になった。

「奥さんは東京の方みたいやさかい、言うても構わん思いますけど、兵庫県の警察はあきまへんのや。大阪もそうやけど、汚職やとか、悪いことしよるのんが多くて……口では暴力追放やとか、そういうこと言うても、裏では暴力団とつるんどってから。取り締まりいうたかて、ちっとも暴力団は無くなりまへんやろ。上のほうでなんぼ号令をかけたかて、下のほうはツーカーですものな。まあ、そうは言うても、北のこの城崎辺りはのんびりしたもんですけどなあ」

雪江は驚いてしまった。ごく平凡な主婦に見える彼女たちが、こうも辛辣《しんらつ》な警察批判をするとは——。

まるで雪江自身が非難を浴びたように、湯上がり気分も冷えきってしまった。

「まったく、警察は何をしているのでしょうねえ」

宿に戻ると、雪江は早速、次男坊を相手に憤懣《ふんまん》をぶつけた。

「陽一郎さんにもしっかりしてもらわないと困りますよ。市民が警察を信用しなくなったら、日本の秩序は根底から崩れてしまうのですから」

「はあ、しかし、兄さんにはあまり責任はないと思いますが」

「ばかおっしゃい、陽一郎さんにも責任はあるのです。あのひとには日本全体のことを考えていただかないと困るのです」

母親のそういう過大な期待を担う兄が、浅見は羨《うらや》ましくもあり、気の毒でもあった。

「しかし、そんなに警察は信用がないのですかねえ」

「そうらしいわね。幽霊ビルの最初の『自殺者』は絶対に自殺ではないって、町の人間なら誰もが思っているのに、警察は簡単に自殺で片付けたというので、まるで信用していないようですよ」

「それにしても、町の人たちがそうまで確信しているというのは、どういう理由によるものですかねえ？」

「それはもちろん、自殺する理由がないという理由でしょう。それに、自殺するのに、わざわざ苦労して、ヤスリで錠を壊してあのビルに入り込むなんて、ばかげた話じゃありませんか。誰だって疑問を持ちますよ」

「え？　ヤスリで壊したって、それ、ほんとうですか？」

「ええ、そう言ってましたよ。二度目の事件の時もそうだったという話です」

「ふーん……」

浅見の目がキラキラ輝きはじめた。

「そして、今度は鍵を使って入ったのでしたね」

新聞の記事を眺めて呟《つぶや》いた。

「あら、光彦、だめですよ、いけませんよ」

雪江は慌てた。

「だからって、あなたが事件に首を突っ込むのは許しませんよ」

「はあ、分かってます」

浅見は生返事をしながら、いつまでも新聞の活字を見つめ続けていた。


ちょうどその時、三木屋の帳場には刑事が聞き込みに来ていた。

「例の幽霊ビルの事件で、一応、調べて回っているもんで、協力してもらいますよ」

顔見知りの横尾部長刑事と、若い刑事の二人連れだ。

数日前からの宿泊者カードを出して、ひととおり、チェックしている。

「この東京から来た浅見さんというのは、どんなお客さんですか？」

横尾は番頭に訊《き》いた。

「はあ、ご年配のお母さんと、息子さんのお二人です」

「べつに変わったところはないですか？」

「はい、ありませんな。お母さんは上品な方やし、息子さんかて、親孝行なええお人ですな」

「息子さんは何をしている人ですかねえ。ウィークデーだというのに、のんびりして」

「何やら、雑誌の原稿を書いてはる言いますさかい、小説家みたいな方とちがいますやろか?」

「小説家?」

横尾は小説を書くような人種には、ろくな者はいないと思っている。

「三日に到着したのですね?」

「はいそうです」

「その前の晩にどこにいたか、分かりませんか?」

「さあ……たぶん、東京やと思いますけど、何やったら、聞いて参りましょうか?」

「いや、それには及びませんよ」

横尾は慌てて手を横に振った。

「警察が来たいうことは、誰にも黙っとってください。そしたら、何か変わったことでもあったら連絡してくれるよう、あんじょ頼みますわ」

二人の刑事は礼を言って三木屋を出た。

第三章　日和山の暴走

1

雪江は、まだ浅見が寝ているうちに、外湯を二つ「踏破」してきたと言って威張った。

「残るは三つですよ。今夜中になんとか征服してしまいたいわねえ」

ヒマラヤにでも出掛けるようなつもりでいるらしい。

浅見のほうはあまり浮いた気分ではない。土蜘蛛《つちぐも》伝説を語ってくれるはずの、安里老人からは、その後、何の挨拶《あいさつ》もないのだ。

あの孫はいったい、老人にこちらの来意を伝えてくれたのだろうか？　それとも、老人の具合は依然、思わしくないということなのだろうか？

「さあ、今日は日和山と余部でしたわね。出掛けましょう」

雪江にあおられるようにして、浅見はレンタカー屋まで急いだ。

「やあ、おはようございます」

レンタカー屋のおやじの、にこやかな挨拶を聞いたとたん、浅見は思い出した。

「そうだ、おやじさん、昨日の帰り際だけど、たしか僕の母のことを言ってましたよね」

「は？」

レンタカー屋は間の抜けた目で、不安そうに浅見を見た。

「ほら、母が喜ぶだろうとか、そういうこと言ってたじゃないですか」

「はあ、そないなこと言うたかもしれませんけど……それが何か？」

「おやじさん、どうして母のこと知っているのですか？　母はここには来ていないし、僕は母のことを喋《しゃべ》っていないはずだけど」

「…………」

おやじの表情に狼狽《ろうばい》の色が浮かんだ。

「その時は、何とも思わなかったのだけど、あとで変だなと思ってね。もしかしたら、おやじさん、誰かにそういうこと、聞いたのかなとか思ったりして」

「そうですな……そう、誰かに聞いたのかもしれまへんな」

「誰ですかね、それは？」

「さあ、誰やったやろか……」

もっともらしく首をかしげる様子を、浅見は興味深く見つめた。

しかし、そういう見え透いた嘘《うそ》をつかれても、その時はあまり重大事には考えなかった。狭い町だから、その程度の情報が入っても当然なのだろうな――などと、勝手に推測したりもした。

日和山は城崎の真北、豊岡市瀬戸《せと》にある。地図で見ると分かるのだが、この辺りの境界線はじつに不自然な引かれ方をしている。豊岡市の領域の中に、城崎町が突出したような感じで、日和山のある「瀬戸地区」を分断しているのだ。

実際には豊岡市域が城崎町域を三方から囲むようになっているのだけれど、中央を円山川の広い流れが、それこそ分断しているために、日和山の付近だけが「飛び地」のような存在になってしまっている。

「ずいぶん不便でしょうねえ」

浅見は母親に地図を示しながら言った。

「いっそ、城崎町に編入するか、城崎町を含めた全部が豊岡市に合併してしまえばよさそうなものなのに」

「そう簡単なものではないのですよ」

雪江はわけ知り顔に言った。

「市町村の合併というのは、これは大変なことなのよ。ことに城崎のように温泉を持つ観光資源そのもののような町は、財政的に恵まれていますからね、よそと一緒になるなんて、なかなか考えないものです」

「なるほど、そういうわけですか。僕はまた、もっと歴史的な意味があるのかと思いましたよ」

「歴史的意味っていうと、どんな？」

「城崎には、かつて土蜘蛛族という反体制派の豪族がいたらしいのです。それに対して、豊岡はのちに幕府の直轄地になったように、古来、中央政府の拠点的な性格があったと考えられます。だから、両者の確執というのは、昨日や今日始まったわけではなく、そういう意味から譲れない者同士という関係なのかと思ったのです」

「へえー、光彦もなかなか勉強しているじゃありませんか」

雪江は珍しく感心してくれた。

「土蜘蛛というと、謡曲にもありますよ。もっとも、あれはたしか奈良県の吉野《よしの》のほうのお話だったかしらね」

雪江は仕舞をやっているから、そっちのほうには詳しい。

「じつは、今度の取材はその土蜘蛛伝説の真偽についてなのです。そういう豪族の末《まつ》裔《えい》が、いまでも城崎に存在するのかどうか——という」

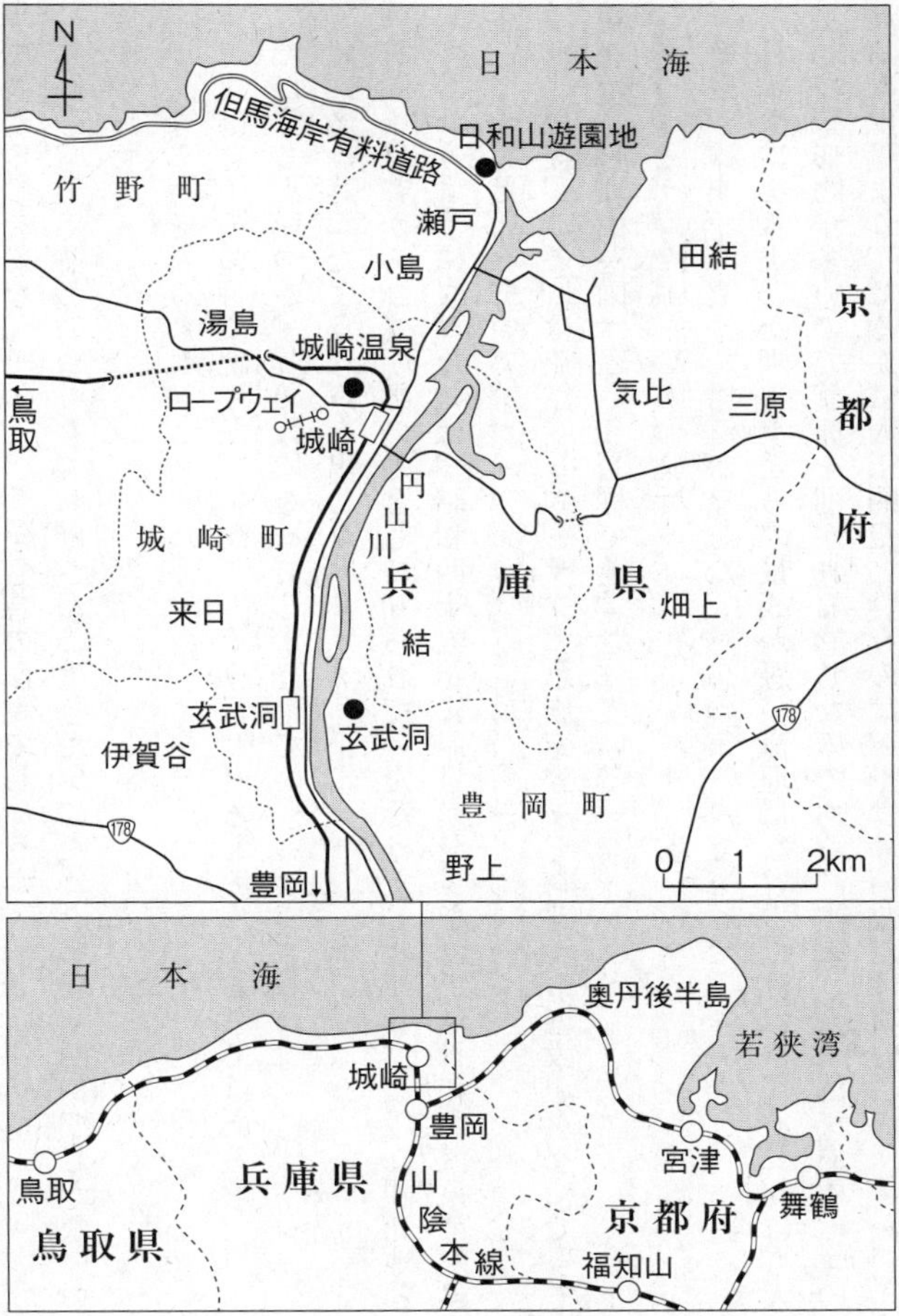
N
日本海
但馬海岸有料道路
日和山遊園地
竹野町
瀬戸
小島
田結
湯島
城崎温泉
ロープウェイ
←鳥取
城崎
気比
三原
京都府
円山川
城崎町
兵庫県
畑上
来日
結
玄武洞
玄武洞
伊賀谷
178
178
豊岡町
野上
豊岡↓
0　1　2km
日本海
奥丹後半島
若狭湾
城崎
豊岡
宮津
鳥取
兵庫県
山陰本線
舞鶴
京都府
鳥取県
福知山

「まさか……そんな、千年も二千年も昔の伝説でしょう」

「しかし、千年前といっても、お母さんの生きた年のたった十三、四倍でしかないのですから」

「いやなことを言うわね」

雪江は息子を横目で睨《にら》んだ。しかし、そう言われるとそのとおりではある。

「わたくしもいつか、昔の人になってしまうっていうわけですわね」

急に老け込んだような声を出した。

日和山は昔から風光明媚《めいび》の地として知られていたそうだ。しかし、一般に観光地として賑《にぎ》わうようになったのは、昭和四十五年に温泉が発見されて「日和山温泉《ひよりやまおんせん》」が誕生してからといっていい。

それ以後、ここには旅館、レストラン、水族館等々、レジャー施設が次々にできて、現在は「日和山遊園」という名称で運営されている。

「ちょっとケバケバしいわねえ」

それが車を下り立った雪江が発した、感想の第一声であった。

日本海に突き出した岬の上からの景観が悪い道理はないのだけれど、あまりにも人工的な造形物が多いので、興を削《そ》がれる感じなのである。本来、人工的であるはずの城崎の風景より、はるかに人工的だというのは、やはりいただけない。

「なんだか、城崎を睥睨《へいげい》したい気持ちが、露骨に出ているような気がしますね」

浅見も穿《うが》った見方をした。

沖の島の上には竜宮城《りゅうぐうじょう》を模したと思われる、朱や青の原色を使った建物が見える。ここには浦島太郎《うらしまたろう》の伝説があるのだそうだ。

岬と島のあいだを、白い船が往来して、客を運ぶらしい。

秋の日差しを受けて輝く海の青や、海岸の緑など、それ自体は目を奪われるほど美しいのだが、そういうものも含めて、何から何まで人間の手を加えないではおかない――という精神に、なんだか食傷しそうだ。

二人はレストランでアイスクリームを食べただけで、早々に日和山をあとにした。

日和山から「マリンライン」という観光有料道路に入る。

この道から見える日本海の風景は美しい。カーブを曲がり、坂を登りつめるたびに、次々と変化する風景に、ハンドルを握る浅見でさえ、時には見惚《みと》れそうになるほどだ。

（あ？――）と気づいた時には、遅かった。ブレーキがまったく効かなくなっている。

目いっぱいに踏み込んだブレーキペダルがスコンと抜けたように、他愛《たわい》ない。

車は下り坂にかかってかなりのスピードになっていた。

浅見はオートマチックのギアをセカンドに落とし、さらにローに落とした。無理なスピードであることは分かっていた。エンジンの回転数が無茶苦茶に上がった。

サイドブレーキを引いたが、効かない。タイヤのスキッド音がものすごい。

「どうしたのです、光彦？」

雪江が叱《しか》った。

「少しスピードを出しすぎているのではありませんか？」

この危急存亡の時、よくもまあ、そういう落ち着いた声で喋《しゃべ》れるものだ——と、浅見は呆《あき》れた。

返事をするどころではなかった。カーブから海へ飛び出さないようにハンドルを操作するのが精一杯だった。ウィークデーで、対向車がないのが、唯一の救いだ。

ようやく登り坂にかかって、道路脇に寄せ、スピードの落ちたところで、ガードレールに接触させ、かろうじて停車した。そこからものの十メートルも行くと、次の下り勾配《こうばい》が始まるところであった。

「どうしてそんなに急ぐのです。危ない運転はいけませんよ」

車を下りて、タイヤの前後に石を嚙《か》ませている息子を、雪江は叱った。

「そうじゃないのです。ブレーキが効かないのですよ。レンタカーの点検がいいかげんだったのでしょう、ひどい話ですねえ。とにかくレッカー車を呼ばないと……」

浅見は助けを求めようと、前後を見た。

後ろから来た車が停まって、二人の男が下りて来た。

「どうしましたか？」

言いながら、警察手帳を示した。

「あ、警察の方ですか、それは助かった。ブレーキが効かなくなったのです。それほどブレーキを使ったわけじゃないですから、たぶん、整備不良で、ブレーキオイルが漏れたか何かだと思うのですが」

浅見が事情を説明すると、刑事は驚きはしたが、あまり同情的ではなかった。地元のレンタカー屋の悪口を言われるのが、面白くないのかな——と浅見は思った。

ともあれ、刑事は無線を使ってレッカー車を呼んでくれた。おまけに、少し先の竹《たけ》野町《のちょう》にある修理工場までついてきて、事故の原因調べに立ち会ってもくれた。

思ったとおり、ブレーキオイルのパイプの結合部がはずれていた。そこからオイルが漏れ、ほとんど空っぽの状態だった。

「無事でよかったですなあ、あの道路を走っていたんやったら、まかり間違えば死んではったかもしれませんで」

工場の人間が言っていた。

浅見はゾーッとした。それとともに、猛烈に腹が立った。

「刑事さん、お聞きになったとおりです。レンタカー屋の責任問題ですよ、これは。すぐに処置すべきです。場合によったら、業務上過失傷害致死事件になるところだったのですからね」

「いいでしょう」

刑事はあっさり了解した。当然、地元業者を庇《かば》いだてすると思っていた浅見にしてみれば、ちょっと拍子抜けがした。

「ただし浅見さん」

刑事はニヤリと笑って、つけ加えた。

「おたくさんも、事情聴取には付き合っていただきますよ」

「はあ……」

浅見は仕方なく頷《うなず》いた。雪江は眉《まゆ》をひそめて、息子を睨んだ。

2

とりあえず応急修理をし、オイルを充塡《じゅうてん》して、城崎へ引き返した。

雪江を旅館に送っておいてから、浅見は刑事とともに、レンタカー屋へ向かった。

浅見から事情を聞いたレンタカー屋のおやじは、最初は青くなり、すぐに真っ赤になって怒りだした。

「とんでもない、うちではちゃんと整備しとりますがな。けったいな言い掛かりはつけんといてもらいたいわ」

「しかし、ブレーキオイルが漏れていたことは事実なのです。それはこちらの刑事さんが証明してくれますよ」

浅見は一歩も引かない覚悟で、断固として言った。

おやじは、浅見の脇に立っている二人の刑事にチラッと視線を向けたが、それほど気弱になる様子はなかった。

「そうかてお客さん、昨日はちゃんと出石まで乗って行きはったやないですか。なんともなかったんとちがいますか？」

「それはそうですが、しかし、昨日は昨日、今日は今日でしょう。整備が不良であったという事実には変わりがありませんよ」

「そないに言わはるんやったら、私かて言わしてもらいますが、それはあれとちがいますか、お客さんのほうで、乱暴な運転をしやはって、どこぞにぶつけたとか、そういうこととちがいますか？」

「いいえ、僕は安全運転を励行していましたよ。助手席には母親が乗っていましたし、慣れない道ではスピードも出さない主義なのですから」

「どうかな」

脇から刑事の一人が言った。

「あの時はかなりのスピードを出しとったようやけどな。後ろから見とったが、明らかに七十キロは出とったんとちがうかな」

「それは……」

浅見は呆れて、一瞬、絶句した。

「あの時はブレーキが効かなかったから、いやでもスピードが出たんじゃないですか」

「しかし、はたしてそうなのか、それを証明する方法がないこともたしかやな」

「方法がないって……現に、あなた方がちゃんとその目で、ブレーキオイルのパイプに欠陥があったことを、はっきり見ているじゃないですか」

「その欠陥がそれ以前に生じておったものかどうか。それを証明でけん、言うてるのですよ」

「驚いたなあ……」

浅見はまじまじと刑事の顔を眺めてしまった。しかし、刑事はしらっとした顔をしている。

(いったい何なのだ、これは？——)

何か得体の知れない陰謀が、着々と進行しつつあるような気がしてきた。

「とにかく、ここで議論しとってもはじまらんやろから、二人とも署まで来てもらったほうがええな」

刑事の口調にも、心なしか「予定の行動」というニュアンスが感じられた。まさか、ブレーキオイルを抜く工作をしたとは思えないが、何かのチャンスを捉《とら》えて、自分を警察にしょっぴく計画はあったのではないか——と、浅見はそんな気がした。

「いいですね、そうしましょう」

浅見はしかし、即座に言った。こっちはこっちで、別の狙《ねら》いがあって、警察内部に入り込みたいところなのだ。自分から望んで行くのでは、雪江に弁解がきかないけれど、連行されるのなら文句のつけようがない。

刑事はアテがはずれたような、妙な顔をした。

レンタカー屋のおやじは、迷惑そうだ。演技ではなさそうだから、彼の場合は予期せぬ出来事だったということだろうか？

浅見は彼らの表情を見比べながら、さまざまな想像をめぐらせた。

城崎警察署はちっぽけな、古い建物であった。城崎のものは何でも古く、情緒があるけれど、警察だけはあまりいただけない。

浅見とおやじとは、別々に取調室に入れられた。

「なんだか、まるで被疑者扱いですね」

浅見は刑事に皮肉を言った。刑事は「ふん」という顔で、完全に無視している。

十分以上も待たされて、四十歳をちょっと過ぎたかと思える年配の刑事が、さっきの刑事の一人を伴って、入ってきた。

「やあ、どうも、お待たせしました」

一応、愛想よく言って、浅見と向かいあいに座った。

「煙草、いかがです?」

勧めて、浅見がいらないと手を振ると、いったん出したマイルドセブンを、そのままポケットにしまった。

「私は城崎署刑事課の横尾といいます」

まず名乗った。

「ええと、浅見さん、浅見光彦さんでしたか、ええ名前ですなあ」

「それほどでもありません」

「いや、ええ名前です。われわれ刑事の頂点にいる警察庁刑事局長の名前と同じですからなあ」

浅見はドキリとした。横尾が何もかも承知の上で、そう言ってからかうのかと思った。しかし、どうやらそうではないらしい。

「東京から見えたのやそうですな。いかがです。城崎は?」

「はあ、なかなかいいところです。母親はとくに気に入っているみたいです」

「そうですか、そら、よろしいな。ところで、今回の旅の目的は何ですか？」

「は？」

浅見は呆《あき》れて、相手の顔を見た。

「いや、今回のご旅行の目的は何ですかと訊《き》いておるのです」

「それは、もちろん、城崎温泉に来たのですから、温泉が目的ですよ」

「なるほど、で、温泉に入りましたか？」

「いや、僕は部屋についている風呂《ふろ》に入りましたが、あれは温泉ではなさそうです」

「そう、そうすると、温泉が目的というのは嘘いうことになりますか？」

「嘘……べつに嘘をついているわけではありませんよ。母は外湯めぐりをしているらしいですからね。ただ、僕はそうだと言っているのです」

「せっかく城崎まで来て、温泉にも入らず、何をしておったのですか？」

「何と言われても……まあ、仕事をしていたということになりますか」

「何の仕事です？」

「いろいろと取材をしたり、原稿を書いたりですよ。僕は雑誌のルポライターのようなことをやっているのです」

「なるほど、それで比較的に自由がきくというわけですか」

横尾は納得したように頷《うなず》いてみせた。

「ところで、こちらに来たのは、三日やったですかね?」

「ええ、そうです。三日です」

「二日にはどこにいました?」

「もちろん東京の自宅ですよ……ちょっと待ってくれませんか。こんどの事故と、そういうことと、何の関係があるのですか?」

「まあまあ、いいじゃないですか、参考までにお訊きしとるのです」

「参考と言ったって……」

「もう一度お訊きしますがね、二日は東京におったのですな?」

「そうですよ」

「ずっと自宅におったのですか?」

「え? いや、ずっとというわけではありませんよ。今度の旅行の準備で、買い物にも出ましたしね」

「買い物はどこですか?」

「どこって……」

「いつ、どこで何を買いました?」

「どういうことですか?」

浅見は呆れて、怒るよりおかしくなった。

「これじゃまるで、アリバイ調べでもしているようじゃないですか」

それから「あっ」と気がついた。

「ああ、なるほど、そうだったのですか。例の幽霊ビルの事件のことで、僕を調べようというわけですね？　あはは、これはいい、じつに愉快だ」

浅見はほんとうに笑いが込み上げてきて、困った。

「まあ、おたくさんがそこまで察しがいいのなら、何も回りくどい質問をする必要はありませんな」

横尾は面白くもなさそうな顔で言った。

「それでは、単刀直入に訊きますが。十月一日から二日にかけての、おたくさんの行動を教えてくれませんか」

「つまりそれは、幽霊ビルで何とかいう人が死亡したと思われる、十月一日から二日にかけての真夜中の、僕のアリバイを立証しろというわけでしょう。さあ、どうだったかなあ……ええと、一日の夜は、そうそう、原稿の締切があって、ひと晩中ワープロを叩《たた》いていたんじゃないかな」

「それを証明してくれる人はいますか？」

「それはいますよ、うちの人間なら誰……いや、母親が証明してくれるでしょう」

「ところがですな、さっき、おたくさんのお母さんに訊いてみたところ、『いい歳をした息子が、どこで何をしていたのかなどということは、わたくしの関知するところではありません』と叱られましてね」

横尾は、メモを忠実に読みながら、ニヤニヤ笑った。

「あははは、おふくろらしいですね」

浅見も愉快そうに笑った。

「そんな、呑気《のんき》なことを言っている場合ではないでしょうが」

横尾はまたブスッとした顔に戻った。

「問題はおたくのアリバイですぞ」

「そうですねえ、そいつは困ったなあ」

浅見は一応、殊勝げに、目を伏せて見せたが、その瞬間にようやく事態が納得できた。

「なるほど、そうだったのですか、昨日、僕が幽霊ビルを警備していたお巡りさんに、余計なことを質問したので、それで怪しんだというわけですね。なるほど、それでレンタカー屋を調べ……あのおやじさん、警察が一緒について行ったのに驚かないから、おかしいとは思ったんですよね。警察に情報を提供していたのなら、強気でいられるわけだな。それにしても、あの警備のお巡りさん、ちゃんとナンバープレートを見ていたとは、なかなか鋭い人ですねえ。しかし、それを引っ張り出して、僕を追跡させた人はそれ以上に才能を感じさせますねえ。もしかすると、それは刑事さん……横尾さんですか？」

「いや……」

横尾は苦い顔をした。

「私じゃないですよ。うちの課長です……しかし、そういうことはどうでもよろしい。おたくのアリバイはいったいどういうことになるのです？」

「分かりました……とは言っても、たしかに、組織に属さない個人が自分のアリバイを証明しようとするのは、なかなか難しいものなのですねえ。これだから冤罪《えんざい》が起きたりするわけですよねえ」

ドサクサまぎれに、チクリといやみを言ってやった。それがまた、横尾の心証を害したらしい。

「お母さん以外に、証明してくれる人はいないのですか？　家族はどうなんです？　たとえば奥さん……いや、奥さんじゃまずいから、友人とか、仕事関係の人とかです」

「僕は独身ですよ。それに会社勤めをしているわけじゃないし……仕事も一人でワープロを叩いていたんじゃどうにもならないですしねえ。電話で仕事の打ち合わせをした藤田という男はいるんですが、彼自身、どこで何をしているのか分からないような、いいかげんな人物ですからねえ」

浅見は、完全にお手上げ——というポーズを作って見せた。

「ほかには……あんたとおふくろさん以外、家族はいないのですか?」

横尾は焦《じ》れて、とうとう「おたくさん」が「あんた」に降格した。

「え? ああ、いませんよ、誰もいません」

浅見は慌てた。これ以上、身元調べはやってもらいたくない。

「それより刑事さん、あの幽霊ビルで死んだ前の二人は、ヤスリを使ってビルに侵入したのだそうですね? それなのに、簡単に自殺扱いをしたというのは、ちょっと軽率すぎたのではありませんか? 警察ではなくて軽率……いや、こういう冗談を言っている場合じゃないですね。ははは……」

浅見は笑いで煙幕を張ろうとしたが、横尾は「被疑者」の狼狽《ろうばい》を感付いたらしい。ジロリと横目で浅見を見て、室《へや》の外に部下を連れだすと、何事か命じている気配だ。

部下は足音も荒く、走るようにどこかへ行った。たぶん、東京の所轄にでも連絡して、浅見光彦なる人物についての身元の照会をするつもりだろう。

(まずいことになったな——)

浅見はなかば観念した。

3

「横尾さん」

浅見はとうとう哀願口調になって言った。

「そろそろ、帰していただけませんかねえ。母が心配性なもんで、具合でも悪くなるといけませんから」

「そんな弱々しい感じのお母さんじゃなかったみたいですぞ」

横尾は意地悪そうに、片頬で笑った。

「まあ、話がすめばすぐにお帰りいただけるわけですからな。ひとつ、警察に協力して、喋《しゃべ》ってもらえませんか」

「喋るって、何を喋ればいいんですか」

「ですから、おたくさんのアリバイについてですよ」

「困ったなあ……」

浅見は顔をしかめた。

「しかしあれですねえ、僕みたいな関係ない人間を捕まえて、アリバイがどうのと訊《き》いているようじゃ、警察はまったく手掛かりがない状態のようですね。これじゃ真犯人は手を叩いて喜んでいるでしょう」

われながら、どうしてこうも相手の心証を悪くするようなことを言うのか、浅見は自分の気が知れなかった。

しかし、ここまでこじれたら、トコトンやるっきゃない――という気にもなる。

「そもそも、今度の事件だけでなく、前の二つの事件を自殺で片付けちゃうなんていうのが、ちょっとばかりでなく甘いのですよ。常識で考えたって、自殺するのに、わざわざ苦労してヤスリで錠を壊してビルに入るなんて、あり得ないと思いませんか？」

「しかしやね、現にヤスリで錠を壊して、そのヤスリを自殺した人物が持っていたのやからなあ」

横尾も話に乗ってきた。こんな素人に言い込められっぱなしでは面白くないにちがいない。

「そんなヤスリは、あとで被害者に持たせたことだって考えられるじゃありませんか」

「それじゃ、あんたは自殺でなくて、殺されたというのかね」

「まず間違いなく殺人事件ですよ」

「そしたら、犯人はヤスリを使って中に入って、被害者に毒を飲ませたというのかね。

それこそけったいな話やないかね。なんだってまた、そんなことをせなならんのか説明してもらいたいもんやなあ」

「それには当然、何らかの理由があったとは思いますよ。しかし、いまはまだ何も分かっていません」

「ほれ、見てみいな。何も分からんでしょうが」

「それは、僕にはいまのところ、何もデータがないから分からないのであって、警察の組織力をもってして、まるっきり分からないというのとはわけが違いますよ」

「よう言うてくれるやないですか」

横尾は苦笑した。

「そしたら、あんたがもし、われわれと同じデータをもって捜査に当たったら、事件を解決できるということですかね？」

「ええ、たぶん解決できますよ」

「ほう、えらい大口を叩《たた》くやないですか」

「嘘だと思うなら、やらせてみてくださいよ」

「あほらしい。その前にあんた自身の潔白を証明せんと、事件は思わぬ解決を見ることになるんとちがいますか？」

「それは脅しのつもりですか？」

「いや、脅すなんて、そないなことを警察がやりますかいな。警察は常に善良な市民の味方でありますよ」

「それは警察側が善良と考えた市民――という意味でしょう。警察が善良でないと判断した者に対しては、容赦しないのじゃありませんか？」

「よくまあ……」

横尾は呆《あき》れて、言葉に窮した。

「よくも次から次へと、そういう憎まれ口が言えるもんやねえ。腹が立つより先に、感心してしまうわ」

「失礼なことを言ったら堪忍してください。しかし、それもこれも、必死だから言っているのです。僕だって、いつまでも警察なんかに留め置かれたくありませんからね。それに、事件の真相に対して、きわめて強い関心があるのです。警察は三つの自殺事件として片付けてしまいたがっているようだけれど、これは間違いなく、三つの殺人事件だと思うからなのですよ。しかも放っておくと、これからもさらに、誰かが殺されることになるかもしれない……」

「ええかげんにせんですかね」

横尾はうんざりしたように、言った。

「あんたが喋れば喋るほど、あんたに対する疑いは強くなるばっかしや。それ以上、何か言うんやったら、弁護士先生でも呼んどったほうがええんと違いますか」

「弁護士なんか呼ぶ必要はありませんよ。それより、いま必要なのは、頭が柔らかくて、素人の話でも理解しようとする刑事さんですよ」

「ええかげんにせんかい」

ついに横尾は怒鳴った。もっとも、ここで怒らなかったら、よほどのアホだ。

「これ以上、あんたと付き合《お》うとったら、こっちの頭がどうかなってしまうわ。まあ、あんたのおふくろさんもおることやし、逃走の心配もなさそうやし、今日のところはこれくらいで帰っていただきましょうかな」

「いや、そうはいきませんよ」

浅見はテーブルにしがみつくような恰好《かっこう》をした。

「もう少し、あの事件のことを詳しく聞かせてくれませんか。でないと、なんだか、おあずけを食らったようで、落ち着かなくていけません」

「あんた、頼むから冗談言わんといてくれんかな」

横尾はゴキブリでも見るような目で、この始末の悪い「被疑者」を睨《にら》んだ。

「どこの世界に、警察を事情聴取する被疑者がおるんやね？　たまらんな、もう。とにかく、ここはおとなしゅう帰ってくれんか」

「そんなにおっしゃるなら帰りますが……しかし、帰りたくても車がありません」

「分かった。誰かにパトカーを出させるよって」

しかし、その必要はなかった。レンタカー屋のおやじが、まだウロウロしていた。

「この人を送ってやって、そのまま帰ってよろしい」

横尾はおやじに頼んで、浅見に釘《くぎ》を刺すように言った。

「旅館を移動する前に、警察の許可を取ってもらわな困りますよ。みだりに移動した場合には、証拠湮滅《いんめつ》のおそれありとして、緊急逮捕する場合があります」

「分かりました」

浅見は陽気に答えた。レンタカー屋のおやじは「逮捕」という言葉を聞いて、ギクッとした。逮捕されるような人間と一緒の車に乗るのは、薄気味悪いにちがいない。

「おたがい、ひどい目に遭いましたね」

車に乗ると、浅見はほがらかな口調で言った。

おやじはピクンと頷《うなず》いて、「へえ」とだけ答えた。

「さっきは少しばかり興奮していたもんで、言い争いみたいなことになってしまったけれど、冷静に考えてみると、自然にブレーキオイルが漏れ出すというのは、ちょっと不自然ですよねえ」

「はあ、たしかに、そのとおりですなあ。わしはちゃんと整備はしとりますさかい、けったいなことや思ったです」

「誰かがブレーキを効かなくする工作をしたとは考えられませんか？」

「は？　まさか。そんな……」

「もちろん、まさかとは思いますけどね。現実にそういう事故が起きたのだし、これはただごととは思えないのですよね。昨日、僕があの車を返してから、車はどこにあったのですか？」

「そら、あそこの駐車場に置いてありましたがな」

「あそこは周囲に囲いのない、ただの平地みたいなものですよね。だったら、その気になりさえすれば、誰でも夜中に侵入して、車に工作を施すことができるのじゃないでしょうか？」

「そらまあ、そういうことは言えますが。しかし、まさか……」

「ええ、まさかとは思いますが、可能性はありますよね」

「そうかて、誰が何のために？……」

「そこです。そこが問題です。まず第一に考えられるのは、おやじさんを恨んでいる人間がいて、いやがらせをしたというケースです。その場合には、当然、商売がたきのセンが浮かんできますけどね」

「そんなことは絶対にありまへんな。かりに商売がたきがおったとしても、そういう悪質ないやがらせは絶対にせんものです。わしら、こう見えても、人さまのいのちに関わるようなことは、絶対にせんのです」

おやじは胸を張って言った。

「なるほど、そのとおりでしょうね。これは僕の失言でした。だとすると、単なるいやがらせか、あるいは……」

浅見は言いながら、強い疑惑を覚えた。

「あるいは……何ですの？」

おやじはハンドルを操作しながら、チラッと浅見を見た。

「いや、そんなことはあり得ないと思うのですが……」

浅見は言い渋った。いま思いついたことは、ほんのちょっとした着想でしかないのに、口に出してしまうことで、それが確信の域にまで高まってしまうことを、気持ちのどこかで恐れたのかもしれない。

「何ですの？　もったいぶらんと、言うてくれませんか。そうでないと、まだわたしらが疑われとるようで、気色悪うてかないまへんがな」

「すみません。べつにもったいぶっているわけじゃないんです。ただ、そんなことはあり得ないと思うもんだから……つまり、何者かが、僕を狙ってブレーキに手を加えたのではないかと……」

「えっ？」

おやじは驚いた。ブレーキを踏み損なうほどに驚いたらしい。

「アホらしい。そないなことがありますかいな。ちょっと推理小説の読みすぎとちゃいますかいな」

すぐそこが三木屋だった。おやじはほっとしたように車を停め、浅見にさっさと下りるよう催促した。

浅見はおやじにさらに訊《き》きたいことがあったのだが、その時、玄関から雪江が現れ、こっちへ向かって来るのが見えた。

「そしたら、どうも」

レンタカー屋のおやじは、浅見が下りるとすぐにドアを閉めて、貧乏神から逃げるように、大急ぎで走り去った。

4

「どういうことになったの、光彦？」

雪江は浅見の顔を見るなり、詰問口調で言った。

「刑事が訪ねてきて、一日の夜、息子さんはどちらにおられましたかとか、まるであなたのアリバイでも調べているようなことを訊いていましたよ。何なのですか、あれは」

「まったく、警察は何を考えているのか、さっぱり分かりませんねえ」

浅見は雪江を宥《なだ》めすかすようにして、部屋まで連れて行った。玄関や帳場の辺りで話すには、あまり相応《ふさわ》しい話題とはいえない。

「警察は、例の幽霊ビルの事件が、まったく手掛かりがないもので、焦っているのです。それで、誰かれ構わず、片っ端から、事情聴取をやっているみたいですよ」

「それじゃ、光彦、あなたも事情聴取を受けていたの？　呆《あき》れたわねえ、それで、車のことはどうなったのです？」

「どうも、警察とレンタカー屋とは結託しているような印象ですね」

「結託？　それはどういうことです」

「僕が幽霊ビルの警備にあたっていた警察官に話を聞きましたよね。警察は車のナンバープレートからレンタカー屋を調べ、そのセンから僕たちのことを突き止めたらしいのです。日和山へ行くという話を、レンタカー屋でしたのですが、その際、店に二人の客がいました。いまにして思うと、それが刑事だったにちがいないのです。つまり、日和山で警察の車が後ろにいたのは、ただの偶然なんかではなかったというわけです」

「それごらんなさい」

雪江は不機嫌そのもののような顔だ。

「だから言わないことじゃないの。余計なことに首を突っ込むから、すぐこういう厄介な騒ぎになるのです。警察庁刑事局長の弟が警察に連行されて、取り調べを受けるなんて、まったく人聞きの悪い話ですよ。こんなことがもしマスコミにでも流れたら、陽一郎さんの立場はどうなると思うの」

「はあ、すみません」

兄の名前を出されると、とたんに、浅見は意気消沈してしまう。

しかも、警察ではたぶん、浅見親子の身元調べを続行しているにちがいないのだ。あとしばらくすると――と思うと、雪江の前から逃げ出したい心境になる。

「それはそれとしてですね」

浅見は話題を変えることにした。

「じつは、今日のあの事故ですが、ブレーキオイルが漏れていたという。やはりあれはどう考えても、何者かが仕組んだことのような気がしてならないのです」

「ばかばかしい。安物の映画じゃあるまいし、そんな話を持ち出して誤魔化そうとしてもむだですよ」

さすがに雪江は鋭い。次男坊の作戦など、すぐに見破った。

「いえ、そういうわけじゃなくてですね、それはほんとうのことなんですから」

「何を言っているのです。いったい、どこの誰が、わたくしたちのような旅行者を狙って、そんな面倒な仕掛けをしたりするものですか」

「しかし、少なくとも僕は、彼らにとってただの旅行者というだけではなくなっているのかもしれませんよ」

「どうしてなの？」

「つまり、僕は幽霊ビルで警察官に事件のことを問い質《ただ》していますからね。それにその、これは言いにくいのですが……その、つまり僕は、ある程度は探偵として知られてもいるわけでして。ことに保全投資協会の事件に関係する者たちにとっては……です」

「呆れたわねえ。それであなたの追及から逃れるために、わたくしまで一緒に消そうとしたっていうことですか？　冗談じゃありませんよ、狙うなら光彦だけにしておいていただきたいわね。そんなとばっちりはごめんこうむりますよ」

「そんな冷たいことを……」

「冷たいも何も、ばかげていますよ。いくら探偵か何か知らないけれど、城崎に来たばかりの人間に何ができると思いますか。そんなことより、これ以上ゴタゴタを起こして、陽一郎さんに迷惑をかけないように、じっと謹慎していらっしゃい」

「はあ、そうします……」

またしても「陽一郎さん」である。浅見は沈黙したが、内心、その「迷惑」な出来事が迫ってきていることをひしひしと感じないわけにいかなかった。

実際、浅見の危惧《きぐ》したとおり、警察の作業は進行しつつあった。兵庫県警を通じて、東京の所轄である滝野川《たきのがわ》警察署へ、浅見親子に関するデータの照会が行っている。

その結果がもたらされたのは、夜に入ってからであった。

「青地君！」

署長自ら、刑事課に飛び込んで来た。日頃冷静な青地が、思わず腰を浮かせたほどの剣幕であった。

「えらいこっちゃよ」

署長は息を弾ませている。

「何事ですか？　また幽霊ビルですか？」

「ん？　いや、それどころじゃない、じつはだな」

署長は他の刑事に聞かれないように、青地の耳に口を寄せた。

「例の、東京に照会した浅見という被疑者だが、あれはきみ、警察庁の浅見刑事局長の弟さんだぞ」

「えっ……」

青地も署長以上に驚いた。とっさに言葉も出ない。

その様子を、まだ残っている四人の刑事たちが、不安そうに見つめていた。

「それは、ほんとうなのでしょうね？」

「ああ、ほんとうだ」

「そうすると、あのおふくろさんというのは当然……」

「そうや、刑事局長のお母さんいうことになるな」

「それは、えらいことですなあ」

「そうやろ、まずいで、これは……」

青地は横尾部長刑事を「ちょっと来てくれんか」と手招きした。

「横尾君、さっきのあの浅見という被疑者やけど、事情聴取の際に、何か失礼なことはなかっただろうな」

「いや、それはありました」

横尾はその時のことを思い出して、また憤激が込み上げてきた。

「えっ？　あったのか？」

「はい、じつに失礼なやっちゃ思いました。警察をオチョクリよるのです。われわれの捜査はまるでなっとらんというような……」

「そうかそうか、それはよかった」

刑事課長は言い、署長と顔を見合わせてほっとしたように笑った。

「どういうことですか、それは？」

横尾はその二人に対しても腹が立った。

「ははあ、まあ、そう気ィ悪うするなや」

署長は横尾の肩を叩《たた》いた。

「そら横尾部長のお手柄やで。怪我の功名いうか、損して得取れいうか……ちょっと違うかな？　まあ、何せ失礼がなくてよかったやないか」

「いや、ですから、失礼があったと……」

「ええんや、ええんや、じつはな」

言いかけて、署長は顔を上げ、全員に聞こえるように言った。

「この際、諸君に話しておくが、今日、事情聴取に来てもろた浅見さんいう青年のことやが、あの人は、警察庁刑事局長の浅見警視監——国会中継なんかで、よう答弁しとられるので、諸君も知っとると思うが——あの浅見刑事局長さんの弟さんということが分かった。ということは、あのおばあさんは、刑事局長さんのご母堂ということになる。したがって、この次からは、それなりの礼をもって接してもらいたい」

刑事たちの顔色が変わった。それぞれが、浅見に対してまずいことをしたのではないか——と思い出している様子だった。

「まあ、過ぎてしもうたことはよろしい。浅見さんに多少きびしくしたいうことがあっても、それは警察の捜査に対する毅然《きぜん》たる態度を証明するものであって、いっこうに差し支えないやろ」

とは言ったものの、署長は内心、気が気ではない。常日頃、被疑者に対する警察官の態度には、あまり適切と言えないケースが多いのだ。何かやらかしていなければいいが――という気になってくる。

「とにかく、そういうことが分かった以上、一応は浅見さんを表敬訪問しておいたほうがええやろな」

署長は青地刑事課長に――というより、自分に言いきかせるように言った。

直ちに、次長と青地、それに交通、防犯の両課長を引き連れて、三木屋を訪れた。

三木屋では、警察のエライさんばかりの訪問に驚いた。

「あのお客さん、やっぱし、なんぞおましたのですか？　どことなくけったいなお客さんやと思うとりましたけど。うちらはまったく知らんでお泊めしたのですよって……」

天下の大悪人を泊めたとでも思ったのか、女将《おかみ》がオロオロしながら訊《き》いた。

「いや、そういうことやないんじゃ。とにかく、ちょっと取り次いでくれんか」

女将は署長の名刺を持って浅見親子のいる部屋に飛んで行った。

「あの、警察が大勢でやって来ましたけど、ほかにもお客さんがおいでてるし、どうか、あまり面倒なことにならんよう、お静かにお願いします」

平身低頭する女将の手から名刺を受け取って、浅見は「どうしましょうか？」と母親に訊いた。

「しようがないでしょう、お会いしていらっしゃい」

「はあ、しかし、僕だけというわけにはいきませんよ」

「わたくしは関係ございませんよ」

「そんな冷たい」

女将はドアのところで、心配そうに返事を待っている。

「分かりました、いいからお通ししてください」

雪江は「光彦！」と叱ったが、女将のほうはほっとして、廊下を走り去った。

第四章　熱心なセールスマン

1

城崎警察署署長以下、五人の幹部連中は、浅見母子の前で窮屈そうに畏《かしこ》まって、いっせいに頭を下げた。

「どうも、よもや浅見刑事局長さんのご母堂様、および弟様とは知りませんで、たいへん失礼をいたしました」

署長は鹿爪らしい口上を述べた。

「まあまあ、そんなふうにご丁寧におっしゃらないでください。息子は息子、わたくしはわたくしでございますわよ」

雪江は当惑げにお辞儀を返した。のんびり温泉気分に浸っているのを邪魔された迷惑の反面、わが息子の威名がこんなところにまで届いていることに、正直、鼻をうごめかしたい心地がしないでもない。

署長はさすがに物慣れたところがあって、一応の外交辞令的な話もするが、所詮《しょせん》は堅物たちの集まりである。じきに話題に窮して、白けた雰囲気が漂った。

「そうそう、母が外湯めぐりをしていて、面白いことを聞いてきたのですよ」

浅見が雰囲気をかき立てるような、陽気な口調で言い出した。とたんに雪江の警戒する目が息子を捉《とら》え、「黙っていなさい」と目顔で制止したが、浅見は気づかないふりを装って言った。

「町の人たちは、幽霊ビルの事件は、三件ともみんな、殺人事件だと思っているらしいのですね」

「…………」

五人の警察官はたがいに顔を見交わした。いずれもあまり愉快そうな表情ではない。

「警察は何をやっているのだろう――と、そういう失礼なことを言われたそうですよ」

「光彦！」

雪江は叱《しか》ったが、浅見の言葉の効果はてきめんであった。

「それは事実でありましょうか？」

署長はいっそう表情を硬くして、上目遣いに雪江に訊《き》いた。

「え？　ええ、まあ、そのようなことをおっしゃってましたけれど……」

雪江は嘘《うそ》のつけない性格だ。仕方なしに言うのを、浅見がさらにフォローした。

「なんでも、自殺するのに、わざわざヤスリで錠を壊して入るなんて、面倒なことをするはずがないし、第一、自殺の動機だって、ぜんぜんなかったと言うのだそうです」

それは浅見が事情聴取の際、横尾部長刑事に言ったことである。しかし横尾はそれを無視し、当然のことながら、城崎署の上層部には通じていない。

「警察としては、そういったことも充分に勘案して捜査を進めた結果、自殺の結論を出したつもりでおりますがねえ」

署長は苦い顔をして言った。

「一般市民の人たちは、どうも、そういう経緯を知らんもんで、好きなことを言うわけでしょうなあ」

「そうでしょうねえ」

浅見もあっさり頷《うなず》いて見せた。

「もちろん、警察の捜査に遺漏があるとは考えられませんよね。ところで、警察が自殺の結論に達したのは、どういう理由からなのですか？」

「それはまあ、いろいろありますが、要するに他殺を疑わせるような状況が、何も発見できなかったことによります」

「しかし、自殺であるとする要因もなかったのではありませんか？　ことに最初に亡くなった地元の人などは、その直前まで、まったく自殺するような素振りはなかった……と、そういうことを言っていると、母が聞いてきたのですが」

浅見はいちいち、「母」を持ち出すために、まわりくどい言い方をしなければならなかった。

「そういうことも含めてですな、捜査は万全を期したつもりであります」

「刑事課長さんはいかがですか？　その確信はおありなのでしょうねえ？」

「は？　私ですか」

青地刑事課長は自分におハチが回ってきたので、迷惑そうな顔をして、慎重に言葉を選んでから、言った。

「現在捜査中の事件については、まだ結論を出しておりませんが、前の二件については、前任者が担当しておったもので、私としては論評するべき立場にありません。その判断が正しかったと信じております」

「なるほど、つまり、確信はないということなのですね？」

「ははは……」

青地は笑った。

「私のところの横尾君が、浅見さんに言いこめられたとか言うて、だいぶカッカときておりましたが、なるほど、そういうわけでありましたか」

「光彦……」

雪江が次男坊を睨《にら》んだ。

「あなた、また何か、失礼なことを仕出かしたのですか？　でしたらお謝りなさい」

「あ、いえ、そういうわけではないのです」

青地が慌てて執り成した。

「浅見さんは、事件の真相を熱心に追及するあまり、捜査に不備な点がないかどうか、きびしいことをおっしゃったと、そういうようなことでして」

「まあ、なんてことを……申し訳ありませんわねえ」

「しかしお母さん、自殺のはずがないという話をしておられたのは、ご自分のほうじゃありませんか」

浅見は珍しく、口ごたえした。

「それは違いますよ光彦、町の方がそのように噂《うわさ》なさっていたと、そう言っただけではありませんか」

「しかし、お母さんほどの人が、そういうふうにおっしゃると、たとえ噂話であっても、無視するわけにいかなくなるものですから。そうですよね署長さん、ちがいますか？」

「ん？　あ、いや、そのとおりですな、ははは……」

署長は頬を歪《ゆが》めて、無理に笑った。

「まったくの話、刑事局長さんのご母堂様が言われたとなると、われわれとしても千《せん》鈞《きん》の重みを感じるわけで……」

「それはいけません」

雪江は手を横に振った。

「わたくしのごとき素人の申すことなど、警察がお取り上げになる必要は毛頭ございませんよ」

「それじゃあれですか、お母さんは、わざわざヤスリでドアの錠を壊し、建物に侵入して自殺した——というばかげた話を、まともに信じることができるのですか？」

「そうは言っておりませんよ。言ってはおりませんけれど、でもね……」

「ほらごらんなさい、警察はいったい何をしているのだろうって、内心では歯痒《はがゆ》く思っているんでしょう。そう思って当然ですよ」

「光彦、いいかげんになさい！」

雪江は本気で叱った。

「それは、僕だって、そんな事件に関わりたくありませんよ。しかし、警察がそんな杜撰《ずさん》な捜査をやっているのを、黙って見逃したまま、城崎にさよならする気には、到底なれっこないのです」

「なるほど……」

青地刑事課長は憮然《ぶぜん》とした顔で、言った。

「つまり浅見さんは、ご自分なら真相を違った形で解明できると、そう言いたいわけですね？」

「もちろんですよ。警察と同じデータを手にすることができれば、僕なら三日のうちに、まったく違う結論を引き出してみせますね」

「ほほう、威勢のいい話ですなあ」

署長は苦笑しながら言った。

「しかし、そうは言っても、警察当局が鋭意捜査した結果、すでに自殺として処理した事件ですからなあ、いくら刑事局長さんの弟さんとはいえ、いまさらひっくり返すことはできんでしょう」

「賭《か》けましょうか？」

「光彦！」

雪江に睨まれて、浅見は首を竦《すく》めた。

「あ、いや、いまのは言葉のアヤですが。しかし、もし嘘だと思うなら、僕に捜査のデータを教えてくれませんか。もう解決した事件なんですから、事実関係を漏らしても、大して問題にはならないでしょう？」

署長と青地刑事課長は顔を見合わせた。青地はともかく、署長はその事件を引きずっているかたちである。

「死亡推定時刻だとか、そういう基本的なことなら、お教えしてもいいのではないでしょうか？」

青地が署長に進言した。

「そりゃまあ、その程度のことなら、報道関係にも流していることですからな……」

署長も渋々ながら、浅見の希望に応じてくれることになった。

「それでは浅見さん、明日《あした》の朝にでも、署のほうへお越しください。横尾君から詳細を説明させますので」

青地は、直接の責任がないだけに、いくぶん野次馬的な気楽さがあるのだろう。むしろ楽しそうな口振りでそう言った。

「あんな大見得を切って、光彦、恥をかくようなことになったらどうするのです」

警察の連中が引き上げたあと、雪江はどうにも手に負えない次男坊の暴走に、なかば諦《あきら》め顔で言った。

「大丈夫ですよ。警察はほんとうは感謝しているはずです」

「ばかばかしい、なんで感謝などするものですか。大迷惑に決まってますよ」

「そんなことはありません。もし僕が失敗すれば、警察の捜査の正しさが立証されるわけですし、万一——といっても、じつは九十九パーセントの確率がありますが——、僕の推理が正しかったりすれば、警察は何もしないで事件を解決できることになるのですからね。メリットばかりで、何も文句を言うところはないのです」

「まったく……あなたという人は妙なことにばかり自信を持ってしまって……」

ついに雪江はサジを投げた。

2

翌朝、浅見は城崎警察署刑事課を訪れた。青地刑事課長の姿はなく、横尾部長刑事が応対した。

「ああ、課長から聞いていますよ」

横尾はニコリともせずに言った。昨日は浅見という人物を「被疑者」扱いして、喧《けん》嘩《か》腰で事情聴取を行なったのだ。なんぼ刑事局長ドノの弟と分かったからといって、そう簡単に掌《てのひら》を返すように嬉《うれ》しそうな顔はできない——と言いたげであった。そういうところは、むしろ、横尾の誠実さの表れと言うべきかもしれない。

愛想は悪かったが、それでも横尾は浅見に、事件の概略についてはきちんと伝えてくれた。

「いま聞いたところでは、水野さんという人は、自殺したという印象はあまりしないのですが」

浅見はやはりその点を再確認した。

「警察の出した結論では、どうしても納得がいかんいうわけですか。よほど自信があるのでしょうな」

横尾は皮肉たっぷりに言った。

「いや、とんでもない……」

浅見は苦笑して手を横に振った。

「自信なんかありませんよ。警察の組織力をもってしても、そういう結論しか出なかった事件なのでしょう。なんで僕みたいな一匹狼に、それ以上の働きができるものですか」

「しかし昨日は、三木屋で、署長や課長を相手に、ずいぶんと偉そう……いや、自信たっぷりやったと聞いておりますが？」

「あれはジェスチャーですよ。そうとでも言わなくちゃ、捜査に参加させてもらえないじゃないですか」

「ははは、捜査に参加いうて、警察に協力しようというのなら、やっぱし自信があるいうこととちがいますか？　それで、三日のうちに解決するとか……」

「ああ、あれは僕たち母子が城崎に滞在できる、ぎりぎりの日程を言っただけです。そう簡単にいくわけがありませんよ」

「はあ……」

横尾は呆《あき》れて、口をポカンと開け、浅見のとぼけた顔を眺めた。

「そしたら、まるっきり嘘をついたいうことですか？」

「いや、嘘と言われると、また具合が悪いのです。警察を騙《だま》したりしたら、それこそ現行犯逮捕されちゃいますよ。あんな大見得を切ったからには、僕なりに考えがあることはあります。しかし、だからといって、自信があるなんて、そんなことはとてもとても言えたものじゃないのです、はい」

「ふーん……」

横尾はまじまじと浅見を見た。

「だとしたら、何で警察の仕事に脇から手を出そうと言うのです？」

「はあ、そう訊《き》かれると困るのですが、要するに僕は、探偵ごっこが好きなのだと思います。あ、気を悪くしないでください。だからって、面白半分でチョッカイを出そうというわけではありません。つまり、おかしいな……と疑問を感じると、黙って見過ごすことができない体質なのです。いや、そういうとまた角が立つけれど、警察だって必ずしも『自殺』という結論を出したことに満足しているわけじゃないのでしょう？　どこかに疑問はあるが、しかしそういう結論で処理するのがもっとも妥当であろう——と、そういうことだったと思うのですよね。警察という組織では、それでもいいだろうし、そういう処理の仕方も時には必要なのかもしれませんが、純粋に疑問を解明しなければならない——という考えに立てば、やはり、とことん捜査を継続すべきだと思うのです」

横尾は唇を尖《とが》らせて、沈黙を守った。それは不満を表明しているのではなく、自分の内部にある痛いところを見つめている——という感じだ。

「たぶん、いまとなっては、水野さんの事件で警察が捜査を再開するというのは難しいことだと思います。ただ、あの事件は、今度の事件……ええと、井岡という人でしたか。その人が殺された事件との繋《つな》がりという観点で捉《とら》えれば、あらためて見直す必要があるはずなのですけどね」

「ほう、浅見さんは繋がりがあると思っているのですか？」

「もちろんですよ。いや、ほんとうのことを言うと、警察だって……というより、横尾さん自身、幽霊ビルの二つの事件——最初の水野さんの事件も、二番目の松井美夫さんの事件も、今度の事件と繋がっている可能性があると思っているんじゃないですか？」

「いや、そうは言っとらんですぞ」

「それは公式には言ってませんけど、内心、ちゃんと分かっているはずです。分かっていても、なかなか言えないのが、警察にかぎらず、組織の面倒なところですよね。その点、僕みたいな無責任な人間は、好き勝手なことを言えるし、できる。だから、そういうフリーな立場を利用して、探偵ごっこみたいなことをしようというわけです」

「うーん……」

横尾は唸《うな》り声を発した。

「それで、浅見さんは何から調べようと言うんです？　もう警察がさんざん調べ尽くしたあとですがね」

「でしょうね、調べ尽くしたことは分かります。しかし、市民というのは、最初に調べに来た時に話しそびれたり、うっかりしたことを、あとになって思い出すことが多いものです。そういう落ち穂拾いみたいなことからやってみるつもりですよ」

「そんな悠長なことでは、三日のうちになんぞ目鼻がつかんでしょう」

「さあ……」

浅見は小首をかしげ、苦笑した。

「たぶん大丈夫だと思います。肝心なところは、警察がすでに調べ上げてくれていますから、それを参考にさせてもらえます」

「それにしても……」

横尾は疑わしそうに浅見を見た。しかし、横尾の表情からは、最初のころのとげとげしさは影をひそめていた。好感とまではいかないまでも、浅見という男に対して、多少なりとも興味を抱いたことは確かだ。

「まあ、どういう手段にせよ、事件が解決することは喜ばしいことなのですから、ひとつよろしく頼みますよ。私で役に立つことがあれば言ってくださいや」

最後にはそう言ってくれた。

浅見は城崎署を出ると、まず、手始めに、水野幹雄が勤めていた、保険会社の営業所を訪ねた。

「大東生命《だいとうせいめい》城崎営業所」は駅前広場の裏手の通りに面した、三階建の小さなビルの一階にあった。

所員が八名の営業所で、ほかに数人の契約社員がいるそうだ。

浅見は東京の出版社から来たルポライターというふれこみで、訪問した。名刺は『旅と歴史』のものを使った。

「ああ、『旅と歴史』ですか、あれは毎月読んでいますよ」

所長は川村《かわむら》という、生真面目そうな中年の紳士で、分厚い眼鏡を光らせて喋《しゃべ》る。

「私は旅が好きでしてね、ことに伝説だとか、そういうもののある土地を訪ねるのが趣味なのです。そうですか、そうすると、浅見さんが書いた記事をいくつか読んでおるわけですなあ」

川村はなかなかの感激居士《こじ》らしく、大いに喜んで、近所の喫茶店からコーヒーを取ってくれた。

「じつは、今回は土蜘蛛《つちぐも》族の伝説を調べに来たのですが、たまたまあそこの幽霊ビルの事件に遭遇しまして」

浅見はそろそろ本題に入った。

「そうしましたら、こちらの水野さんとおっしゃる方も、あのビルで亡くなられたのだそうですね。なんでも、今回が三人目だとか。それで、急遽《きゅうきょ》、そっちのほうの取材もしようということになったのです」

「ああ、あの事件ねえ……」

川村所長は眉《まゆ》を曇らせた。

「ちょっとばかりいやな事件ですが……しかし、今回の事件は殺人事件だそうじゃありませんか。その点、水野君は自殺でしたので、とくに関係はないわけでして」

「あ、それは分かっています。ただ、町の人に聞くと、二番目の事件も今回の事件も、水野さんの怨霊《おんりょう》に呼び寄せられたのだとか、そういう噂があるとか……」

「まさか……そんな話は聞いたことがありませんけど」

「ははは、まあ、そういう無責任な噂というのは、よくある話です。ところで、水野さんという方はどういう人物だったのですか？」

「水野君ですか？　彼は、なかなか仕事熱心な青年でして、これから大いに期待しておったものでしたよ」

川村営業所長は、いかにも残念そうに言った。

「彼が開拓しつつあったお客さんの何人かは、その後、契約してくださいましてね、水野君ももうちょっと頑張れば、仕事が順調にいっていたはずなのですがねえ。少し早まったと残念でなりません」

「つまり、もう少し辛抱していれば、どんどん成績が上がったはずだとおっしゃるのですね？」

「そのとおりです」

「しかし、そういう感触というものは、セールスに当たっていた水野さん自身には分からなかったのですかねえ？」

「おそらくそういうことなのでしょうなあ。もし分かっていれば、前途に悲観して自殺するような、そんなことにはならなかったと思いますから」

「なんでも、水野さんはきわめて仕事熱心で、いたるところ、軒なみに勧誘して歩いたとか聞きましたが、水野さんが開拓していた、いわゆる見込み客というのですか、そういうのはかなりの数だったのですか?」

「かなりの数と言ってもいいでしょうなあ。彼の日誌につけてあった分だけでも、一般社員の三倍は上回っていました。そのほかにも、自分の手帳だけにつけてあったお客さんを入れると、そのまた五割増しぐらいにはなるのとちがいましょうか」

「その代わり、あまりの熱心さに、頭にきたお客も多かったと聞きましたが」

「それは事実あったでしょうな。いまはずいぶんよくなりましたが、保険の勧誘と聞くと毛嫌いする人もおりますのでねえ。あまりにもしつこ過ぎると言って、ここに怒鳴り込んでみえるお客さんもいたほどです。それに、いまだから言えますが、お客さんばかりでなく、同僚たちの中にも、水野君のやり方があまりにも強引で、自分のテリトリーを荒らされることに腹を立てていた人も、いないわけじゃありません」

「そういうことは警察が調べに来た時にもおっしゃったのですか?」

「いや、そんなことは言いませんよ。自分たちが水野君を恨んでいたように受け取られかねませんからね。まあ、自殺だということが分かったから、こうやって、洗いざらい話もできるわけですが」

所長はそう言っているが、もし浅見が他殺のセンを追っていると分かったらどういう顔をするだろう。

「ところで、その水野さんの日誌というのは拝見できませんか？」

「ああ、あれは警察が持って行って……そうそう、その後、水野君のお母さんの手に渡されたとか聞いていますよ。手帳もたぶん一緒だと思いますが」

「いきなりお邪魔して、見せていただけますかねえ？」

「さあ、どうですかなあ……あそこのお母さんは、息子は絶対に自殺なんかせん言うて、警察をてこずらせておりましたのでねえ。自殺では保険金が下りんいうこともあったと思いますけど。そんなわけで、はたして友好的に見せてくれるものかどうか分かりませんなあ」

それは浅見にとっては、むしろ都合がよかった。警察を信用していない相手のほうがやりやすいものである。

「ところで、水野さんには奥さんはいないのですね？」

「ああ、いません。奥さんどころか、親父さんも一昨年《おととし》亡くなって、それでもって、城崎に戻って来たのです」

それまでは神戸の大学を出たあと、一流とはいえないが、神戸の会社に勤めていたのだそうだ。

「当人にしてみれば、まだまだ神戸あたりにいたかったと思いますがねえ。おふくろさんがどうしても城崎を離れたくないと言うもんで……しかし、城崎に帰って、わが社に入って、心機一転、頑張るつもりになったと言っとったのですがなあ、魔がさしたというのか運が悪いというか、どっちにしても気の毒な話です」

所長は暗い顔で言った。

「とにかく。お邪魔してみることにします」

水野家の場所を聞くと、浅見は丁寧に礼を言って、営業所を出た。

3

水野家は駅前広場から、旅館街とは反対の方角へ、三百メートルばかり行ったところにあった。以前は何かの店をやっていたのだろうか、埃《ほこり》にまみれたガラス戸の閉まった表側の感じには、駄菓子屋か、子供相手の文房具店のようななごりがあった。ガラス戸は全部釘《くぎ》付けになったように、引いてもびくともしない。家の脇の粗末なドアが入口になっているらしく、呼び鈴がついていた。

押してしばらく待つと、ドアが開いて、五十歳代なかばぐらいの女が顔を覗《のぞ》かせ、うさんくさそうな目でこっちを見た。それが水野の母親であった。

「以前、神戸でお付き合いしていた浅見という者ですが、たまたまこちらに参ったところ、水野君が亡くなったことをはじめて知って、びっくりしまして……」

浅見は殊勝げに悔やみを述べた。

「そうでしたか、わざわざありがとうさん。さあ、どうぞ上がって、息子に会ってやってください」

母親は人恋しかったにちがいない、そう言うだけのあいだに、もう涙ぐみながら、浅見を招き入れ、仏壇の前に案内してくれた。

それにしても、古びた、まったく精気の感じられない家であった。

「失礼ですが、お母さんはお一人で住んでいらっしゃるのですか？」

「はい、息子が亡くなったあとは、一人きりです」

小柄な女性だが、背中を丸めると、まるで消え入りそうなほど小さく、頼りなげに見える。

仏壇には二つの位牌《いはい》が飾られてあった。いくぶん古く大きめのは、彼女の亡夫のものなのだろう。

「じつは、警察で水野君が自殺したということを聞いて、僕はそんなばかな……と思ったのです」

浅見は憤慨をあらわにして、言った。

「水野君は絶対に自殺なんかするような男ではなかったはずです」

「そうでしょう、そう思いますでしょう?」

母親は目を輝かせた。

「私もね、息子は自殺ではない、殺されたんや言うたのですけど、警察はぜんぜん取り上げてくれんのですわ」

「そのようですねえ、まったくおかしな話です。水野君だって、そんなふうに思われて、さぞかし残念なことでしょう。それで僕はひとつ、自分で彼の無念を晴らして上げようと思いついたのです」

「は? おたくさんが、ですの?……」

「そうです、僕が事件をもう一度、洗い直してみて、水野君を殺した犯人を捕まえようと決心したのですよ。いかがですか、やらせてみてくれませんか?」

「はあ、それは……」

母親は、どう答えるべきか当惑している。

「でも、警察が自殺だ言うてるのに、浅見さんがたった一人で犯人を捕まえることができますの?」

「それはやってみなければ分かりませんが、少なくとも、最初から自殺だなどと思い込まなければ、事件の真相は必ず見えてくると信じています」

威勢のいい言葉に、母親はかえって面食らった様子だ。それまで、いくら「殺された」と主張しても容《い》れられなかったのだから、無理もない。

「それでですね、まず手始めに、水野君の仕事関係から追及しようと思うのですが、警察で聞いたところ、水野君の日誌や手帳が、お母さんの手元にあるそうですね？」

「はい、それは確かにありますけど」

母親は浅見の勢いにあおられるように、隣の部屋の襖《ふすま》を開けた。

六畳の和室が水野の部屋であったらしい。書物や書類が積まれたデスク、簡素でいかにも固そうなベッド、洋酒のビンやグラス、陶器などが並ぶサイドボード、それにオーディオやパソコンなどのメカ類など、いかにも都会的な感じのする調度品があった。

この部屋の様子はこれまでの水野家の印象とは、およそそぐわない、対照的なイメージであった。

「これは神戸の頃に揃えたものですね」

浅見は言った。

「はあそうです、そしたら、浅見さんはご存じでしたか」

母親は浅見を、息子と親交のあった友人――と信頼の籠《こ》もった目で見て、躊躇《ちゅうちょ》なく、水野の日誌と手帳をデスクの上に広げて見せた。

日誌は大学ノートが数冊。細かい神経質そうな文字が綴《つづ》られている。なるほど、確かに誰もが言っているように、水野は猛烈に仕事熱心な男だったようだ。日誌には、毎日平均十軒ばかりの訪問先のことが、かなり克明に綿密に記入されていた。ただやみくもに訪問する程度なら、十軒という数字は大したものではないのかもしれないが、ここまでしっかりとセールス活動をやっているというのは、見上げたものだ。

たとえば、こんな具合だ。

——○月○日午後二時二十分、竹内《たけうち》様宅を訪問、奥さんと会う。子供さんが風邪ぎみだと言って、迷惑そうだったが、五分間だけ話をする。ご主人は健康だというが、それなりに何か心配ごとがありそうな感じ。帰りが遅いらしい。次回はその点を攻めてみるつもりで、戦法を考えてみよう。

——○月○日午前十一時頃、吉村《よしむら》様宅で交通事故。事故は大したことはなかったようだが、救急車が来たり、大騒ぎ、吉村様の奥様に早速お見舞いを言うのと同時に、勧誘パンフを渡す。他人事《ひとごと》ではないと言われ、熱心にパンフを見ていた。買い物に出掛けるところというので、長くはお話しできなかったが、大いに有望である。

——○月○日午後三時過ぎ、岡田《おかだ》様のご主人に会う。日曜日でないといないと言われていたので、訪問したのだが、ご機嫌はよくなかった。保険は嫌いだと叱られたが、奥様とお子様のためにと言って説明した。するとますます怒って「おれは当分死なない」と追い出された。外に出る時、奥様がすみませんと謝ってくれた。どうやら夫婦仲はあまりうまくいっていないようだ。

こんな調子で、それぞれの家の事情を観察して、それに対応する「戦法」を考えていることがよく分かる。もっと細かい記述で内情を書き綴ったものもある。芸能レポーター顔負けの肉薄ぶりと言ってもいい。

しかもその数が膨大で、同じ家を何度も訪問していることにも驚かされる。城崎の世帯数はせいぜい千五、六百。一日に十軒も回れば、単純計算だと半年で回りきってしまう。しかも一軒一軒、これほど丁寧に記録できるほど、気配りの行き届いた綿密な訪問である。

「たいへんな働き者だったのですねえ」

浅見は率直に驚嘆の声を発した。

「はい、真面目で親孝行で、親の口から言うのもなんですけど、ええ息子でした」

母親はまた涙を拭《ぬぐ》った。浅見は身につまされる想いがした。雪江未亡人からは、一生かかっても、そういう言葉は引き出せない――と思った。

日誌を見ると、水野のセールス活動が城崎町内だけに止《とど》まらなかったことが分かる。

香住町《かすみちょう》、竹野町、豊岡市、出石町、日高町《ひだかちょう》といった隣接市町の名前がポツンポツンとではあるけれど、あちこちに出てくる。川村営業所長が言っていた「テリトリーの侵害」は城崎町の外にまで及んでいたようだ。

その多くは高校や大学時代の友人関係といったツテを求めているらしい。水野と同じ年代の人というと、大抵は結婚して子供が一人二人——といったところだ。生命保険の勧誘の対象としては、ちょうど手頃な時期だったかもしれない。

その証拠に、そういう相手に対する訪問のケースでは、かなり希望の持てそうな記録を書いているし、中には成約に到ったこともあった。

「これを拝見すると、水野君の成績は決して悪いものとは思えませんねえ」

「はい、そうなのです。まだ始めて間もないにしては、とてもええ成績やと、所長さんも言うてはったのです」

「それなのに、成績不振を悲観して自殺したなどというのは、ずいぶん矛盾した話ですよねえ」

「そうですやろ、おかしいと思わはりますやろ?」

「ええ、思いますよ、おかしいですよ」

浅見はお世辞でなく、本気でそう思った。いくら他殺を疑わせるような状況がないからといって、警察がそういう理由で事件を片付けたのは、やはり安直すぎる。

警察の捜査は緻密《ちみつ》であるように見えて（事実、多くの場合は緻密なのだが）、しばしばこういう杜撰《ずさん》なことも起こり得る。自殺と他殺とでは、捜査当局の動員する人員、経費は比較のしようがないほどの差がある。いくつもの事件が重なって、人員不足が生じた際など、どうしても、安易な方向に結論をもって行きかねないのだ。

札幌《さっぽろ》で愛人の男性を殺害した女性が、人妻を身代わりに「自殺」を偽装した事件など、警察は母親などの身元確認だけで、いとも簡単に自殺事件として処理している。

そういう杜撰さが、水野の場合にもなかったとは言えない。

大学ノートの日誌は膨大で、とても短時間では目を通しきれない。その中から怪しい人物がいるかどうか発見するのは、容易なことではあるまい。警察だって、ひととおりは目を通した上で、収穫がなかったのだ。

浅見は日誌を手にしたまま、正直、途方にくれる気持ちだった。

「この日誌、しばらくお借りするわけにはいきませんか？」

「そうですなあ……」

母親は躊躇《ためら》った。

「もちろん、水野君の大事な遺品ですから、大切に扱って、かならずお返しします」

「はあ……でも、何に使いますの？」

「犯人を捕まえたいのです」

浅見はストレートな言い方をした。

「水野君を殺した犯人を、このまま見逃してしまうわけにはいきません」

母親はびっくりして、浅見を見つめた。

「そんなこと言わはって、警察でもでけんかったことを、あんたお一人では無理なんとちがいますか？」

「いや、警察は自殺と断定したかったのですし、僕は最初から他殺と判断してかかるのですから、考え方が違います。考え方が違えば、見える物の意味が違ってきますし、見えなかった物も見えてくるものなのです」

「はあ…。そういうもんですかなあ……」

「そういうものです。たとえば……」

浅見はサイドボードの中の洋酒のビンやグラス類を指差した。

「ああいうコレクションを飾る人は、明日《あした》に充分な希望を抱いている証拠です。神戸の頃もそうでしたが、たぶん水野君はガラス製品や陶器などに興味があって、少しずつ増やしていたと思うのですが」

「はい、そうでした、あんたのおっしゃるとおり、息子の道楽は、ああいう物を揃えるのが趣味やったみたいです。以前はガラスばっかしやったけど、このごろは出石焼の茶碗《ちゃわん》などを買《こ》うて来はってました」

「そのようですね、あの茶碗なんか……」

言いながら、浅見は三客の茶碗が、浅見の買った花瓶と、デザインのイメージがよく似ているのに気づいた。

「あれは三客しかありませんね、ちょっと半端なような気がしますが？」

「ああ、そうですなあ、息子はあまりお金のあるほうやなかったもんで、ひと月に一客ずつ、お給料が出ると買うてはったみたいです。出石に行くのを楽しみにしとったのと違いますやろか」

母親はべつのところにある「ぐい呑《の》み」を示して、「これも出石焼です」と教えてくれた。浅見が気づいた茶碗ばかりでなく、ほかにも少しずつ、水野のコレクションは続いていたらしい。

浅見は日誌の最後のノートを開いた。水野の「絶筆」は、ちょうど一年前の九月二十七日である。その二日前の九月二十五日の記述に「出石」の文字があった。

――午後五時頃、出石町の天沢様訪問、養老保険の話をして帰る。

ほかの記述に比べると、おっそろしくあっさりしたものだ。おそらくこの日も、茶碗を購入しているはずなのだが、そのことにはまったく触れていない。

浅見はページを遡《さかのぼ》って、ほかの出石の記述を探してみた。

水野は出石町に十日か半月ごとぐらいのペースで行っていることが分かる。そのどれもが割りとあっさりした記述だが、遡るほどに、書いてある内容が増えてゆく。はじめのうちは勧誘が本来の目的であったものが、いつのまにかその目的が変質していった様子が読み取れた。

水野の出石行きの目的は、むしろべつのところにあったらしい。それは出石焼の蒐《しゅう》集《しゅう》のためだったのか、それとも……。

浅見の脳裏に、出石焼の店の美しい娘の面影が浮かんだ。その娘のことについて、水野の日誌には最初の頃、わずかに一行だけ記録してあった。


——お嬢さんに結婚後の生活設計のための保険を説明する。

それ以外、まったく彼女のことには触れていない。「ご主人」「お祖母《ばあ》さん」「奥様」という名前は頻繁に出てくるのに、である。それは、明らかに、意識して記述を避けているようなニュアンスが感じられた。そのうちに、天沢家そのものについての記述がとおりいっぺんのものになった。出石のほかの対象については、相変わらず克明に記録しているのとでは、いかにも対照的で、天沢家に対してあまり熱心な勧誘作業を行なわなくなった様子が、ありありと分かるほどだ。

「水野君は、出石の天沢さん——出石焼の店ですが——そこのお嬢さんのことについては何か言ってませんでしたか？」

「はい、それは聞いたことがあります。なんでも、ずいぶん美人やとか、そういう話をしとったことがあります」

「もしかすると、水野君はそのお嬢さんが好きだったのじゃありませんか？」

「はあ、そうかもしれまへんなあ……でも、出石焼のお嬢さんとうちらとでは、釣り合いが取れへんのとちがいますか」

水野の母親は、寂しそうに笑った。

4

浅見は三木屋には寄らず、その足で出石へ向かうことにした。

昼食にはまだ時間があるし、旅館に戻るのは、あまりいい結果を招きそうにない。雪江と顔を合わせれば、どうせいろいろと質問の雨が降り注ぐに決まっている。そのうちにどうかすると、「そろそろ東京に帰らなければいけないわね」などと言い出さないともかぎらない。

城崎に来て四日目になる。最初の予定ではあと一日しか残っていない。こういう事件に関わったおかげで一日か二日は延期できそうな雰囲気だが、あまり警察の仕事に深入りしそうな気配を見せると、雪江に警戒されるおそれもないわけではない。

浅見はレンタカーを借りることにした。もっとも、今回は城崎にもう一軒だけある、べつのレンタカー屋を訪れた。ああいう「事故」があっただけに、あのレンタカー屋には行きにくい。

ちっぽけな店構えだったが、意外にもソアラが一台あった。5ナンバーの古いタイプだが、それでもソアラはソアラである。なんだか。東京に置いてきた愛車の弟を見るような気がして、浅見はちょっとしたホームシックを覚えた。

城崎から豊岡へ向かう道路脇の、例の「幽霊ビル」には、まだ黄色と黒のだんだら模様のロープが張ってあった。しかし警察官の姿はもうない。捜査の進展ぶりに想いを巡らせながら、浅見はビルの前を通過した。

出石はきょうも静かな佇《たたず》まいだった。この街はどんなに観光客が出ても、少しも騒然とした感じにはならないような印象を受ける。出石焼の店も閑散として、店番の姿も見えない。

浅見が入ってゆくと、その気配を感じたのか、しばらくして娘が出てきた。腕の中に、黒いビロードのような毛をした猫を抱いている。

「あら……」

浅見の顔を見て、小さな叫び声を上げた。

「先日はありがとうございました。あの、荷物は昨日送ったばかりですから、まだお宅に着いていないと思いますが」

「ああ、それはいいんです」

浅見は笑顔で言った。浅見が買った花瓶は、棚の上から消えていた。

「じつは、今日は、城崎で生命保険の外交員をやっていた水野さんという人のことで、ちょっとお聞きしたいことがあって来たのですが」

「ああ、あの人……」

娘は暗い表情になった。

「やっぱり知っているのですね？」

「ええ、うちに何度も来ましたし……それに、ニュースにもなりましたから」

「お気の毒なことでしたねえ」

「ええ」

「じつは、偶然みたいなきっかけで、あの事件のことを調べる羽目になりましてね」

「？……」

娘は怪訝《けげん》そうな目をまっすぐ、浅見に向けた。彼女のそういう目に出くわすと、思わずたじろいでしまう。

「あ、といっても、僕は警察とは関係ありませんよ。このあいだ言わなかったですか。じつは、僕は雑誌のルポライターみたいなことをやっているんです。今回の旅行も、半分はその仕事のためでして」

「そうなんですか」

「そういうわけで、あの事件のことを調べていたら、水野さんの家に出石焼の茶碗が飾られているのを見つけました。それで、聞いてみると、こちらのお店にちょくちょく来ていたことや、その……お嬢さんに好意を持っていたらしいことが分かりましてね」

「そのことでしたら」

娘は眉《まゆ》をひそめた。

「もう警察の人が来たりして、いろいろありましたけど」

「あ、そうでしたか、来ましたか……」

当然といえば当然だが、警察はさすがにやるべきことはやっているのだな――と浅見は思った。

「たしかに、水野さんは私のこと、好意を持っていてくれたみたいですけど、私はそういうの、あまり関係なかったんです。ただ、保険の話だとか、時どき茶碗を買ってくれるとか、そういうことで、店に見えた時には、挨拶《あいさつ》ぐらいはしましたけど」

「そうですか。いや、たぶんそうだとは思っていましたが」

「警察も同じことを言ってました」

娘は迷惑そうではあったが、かといって、そのことをあまり深刻には受け取っていないようだ。

「水野さんの日誌の中に、あなたの結婚後の生活設計に保険の必要なことを説明したとか、そういうことが書いてありました」

「ああ、そういえば、そんな話も聞いた記憶があります。でも、私は当分、結婚なんてしませんて言ったのです」

もしそうだとすると、水野はこの娘の結婚相手になり得る余地があったわけだ。少なくともかすかな希望ぐらいはあったわけで、失恋が「自殺」の原因にはならない。

「そうすると、こちらで保険の契約が取れる見込みはなかったのですかねえ？」

「そんなことはないと思いますよ。祖母なんかが、その気になっていたんじゃないか、思いますけど。水野さんも、この次はとか言って、張り切っていたみたいやし」

奥から彼女の祖母らしき老女が出てきた。浅見の顔を見て「あら」と、娘と同じような声を出した。

「まだ東京にお帰りではなかったのですか？」

「ええ。あと二、三日滞在します」

「そうでしたか、そしたら、花瓶のほうがはよ着きますなあ」

「お祖母《ばあ》ちゃん、保険の契約する言うてはったわよねえ？」

娘が言った。

「ん？　何のこと？」

「お客さんは、水野さんのことを聞きたい言うて見えたんよ」

「そうですか、水野さんのことで……」

老女は悲しそうな顔になった。

「真面目なお人やしたのになあ、なんで死にはったんやろ言うておりますのやけど」

「こちらで契約ができそうだって、そう思っていたらしいのですが」

「そうでした。私もそのつもりで、今度見える時にな、言うてましたけど。でも、保険に入るのはわたしとちがいます。この子の父親に、もうひと口ぐらい入っとってもええかしら、思うたところでした」

「そうなのですか……それじゃ、成績が上がらなかったために自殺したとか、そういう感じではなかったのですね？」

「そんなことは、ない思いますけどなあ。水野さんも、これまでぎょうさん種蒔《ま》いたので、これからはどんどん収穫が上がる言うて、ほんま、張り切っておいでやったし、うちもその一つやったのでしょう」

　聞けば聞くほど、水野には自殺しなければならない要素は何もない。

「じつは、水野さんがこちらのお嬢さんに好意を持っていたらしいのですが、そのことはご存じなかったですか？」

「はあ。そうですなあ……知らん言うたら嘘になりますやろな。ただ、どの程度、好いてくれはっているのか、そこまでは分からしまへんでしたけど……」

「私は知らんわよ」

　娘は唇を尖《とが》らせた。

「まゆ子は、そういうところがほんま、鈍い子ォやしな」

　祖母は笑った。娘の名前が「まゆ子」であると、浅見はこの時、はじめて知った。

「まゆ子さんとおっしゃるのですね。『まゆ子』の『まゆ』は眉毛の『眉』を書くのでしょうか？」

「いいえ、平仮名ですよ。ほんまは繭玉《まゆだま》の繭にしようと思うたのですけど、当用漢字にないと言われて、平仮名にしました」

「ああ、繭玉の繭ですか……それは美しい名前ですねえ」

　浅見は思わずまゆ子の白い顔に見入った。

「そういえば、白磁の白い肌は繭のつややかな白さと似ていますねえ」

「でも、そんなんと較べたら、私はかないませんわ」

まゆ子は無邪気に笑ったが、ドキリとするほど美しい。浅見は慌てて話題をもとに戻した。

「水野さんがお嬢さんに好意を抱いていたことは、お母さんもうすうす感付いていたらしいのですが、こちらとは釣り合いがとれないとか言ってました」

「そんなこと、ない思いますけどなあ」

まゆ子の祖母は遠慮がちに言った
「うちかて、ご先祖様を辿《たど》れば、大陸のほうから渡来した陶人や、思いますし、あちらかて、きっと同じやないかしら」

「そうなのですか、この辺りの人たちは、渡来された方たちの子孫が多いのですか？」

「さあ……詳しいことはよう勉強してまへんけど、古代王朝の頃に、大陸からやって来た文化が陶器やとか、製鉄の技術や言いますでしょう。出石の奥に『鉄鉆山《かなとこやま》』というのがあって、そこら辺りで鉄を作っておったという話があります」

「そうなのですか……」

浅見は連想が働いた。

「それじゃ、もしかすると、土蜘蛛《つちぐも》族というのは、そういう人たちの仲間じゃないでしょうか？」

そのとたん、まゆ子の祖母は眉をひそめた。

「土蜘蛛いうのは、都の人たちが、勝手につけた名前でしょうに」

「えっ？　じゃあ、そういう伝説は実在しているのですか？」

「伝説いうより、権力者の宣伝文句いうたほうがええのでしょう。大江山《おおえやま》の酒呑童子《しゅてんどうじ》のようなものと一緒や思いますけど」

まゆ子の祖母がしっかりした知識を持っていることに、浅見は目を見張る思いだった。

「そうですそうです、そのとおりですが、しかし、とにかくそういう言い伝えがあることは事実なのですねえ。それで、その土蜘蛛族はどこに住んでいたということになっているのか、ご存じないですか？」

「どこいうて……もしかすると私らかてその一族やったのかもしれないのやないか、思いますけど」

老女は柔らかな口調だが、毅然《きぜん》とした顔で言って、浅見をまっすぐに見据えた。

浅見はギクリとした。自分がひどく軽薄な取材姿勢でいることを思い知ったような気分だった。

老女の言ったとおり、土蜘蛛にかぎらず、酒呑童子（鬼）、ヤマタノオロチ、ムカデ等々、古来、英雄に退治された化け物の伝説の多くは、天孫族に抵抗した先住民族を化け物にたとえ、蔑視《べっし》したものといわれる。言ってみれば、わが国における差別思想の根源みたいなものだ。

そういうことを百も承知のはずの自分が、興味本位に、安易な気分で取材をしていたのではないのか——。

浅見は重い反省の念を収穫に、最後は悄然《しょうぜん》として、出石焼の店を出た。

第五章　天日槍《あめのひぼこ》の反逆

1

ソアラに戻ると、浅見はシートを斜めに倒して、引っくり返った。窓の向こうに、少し黄ばみ始めてきた銀杏《いちょう》の上に、真っ青な空が見える。二千年の過去に遡《さかのぼ》っても、空はいまと同じような色をしていたにちがいない。悠久という想いは、空を見ているかぎり、ごく当たり前のことのようだ。

二千年の昔、この土地では血みどろの戦いがあったのかもしれない。戦い敗れ、地下に潜んだ先住民族は、侵略者に蔑《さげす》まれ、あるいは恐れられ、「土蜘蛛」と呼ばれた。長い歳月のうちにその末裔《まつえい》は同化し、種族としての存在は消滅したが、記憶そのものはかすかに生きつづけているのだ。

浅見は仰向《あおむ》いた恰好《かっこう》で、水野家から借りてきた日誌のノートを一冊ずつ取って、パラパラとめくっていった。何百という見込み客の名前のうち、どれとどれが「土蜘蛛族」の流れを汲《く》む人々なのだろう？

「安里」という名前があった。集落名が同じなのと、日記の記述を読むと、例の郷土史家だという、あの安里老人の家らしい。

——安里様を訪問。お年寄りの一人住まい。変わった人と聞いていたが、お孫さんが帰って来られるというので、ご機嫌がよかった。家の中の掃除を手伝って感謝された。見込みあり。

それは水野が「自殺」する十日前の記述である。その日は安里の住居に近い来日《くるひ》という集落を重点的に歩いたらしく、安里家を含む七軒を訪問したことが書いてあった。その後、「絶筆」にいたるまで安里家に行ったかどうかは書いていない。日誌の最後——絶筆は九月二十七日で、この日の訪問先は三軒。すべて城崎町内であった。

三軒というのは、水野のセールス活動としては、異例に近く少ない数だ。出石など遠出したケースでも、一日の勧誘先は数軒というふうに、ちゃんと帳尻《ちょうじり》を合わせている。

この日は城崎町内だけなのに三軒である。書いていることも、至極、そっけない感じがする。

――矢瀬《やせ》様を訪問。あまり良好な返事はなかった。次回に期待する。

――富村《とみむら》様を訪問。再訪を希望される。

――加久《かく》様を訪問。ご主人のいる時に来るようにと言われた。

これまでに見てきたどの日よりも、精彩に欠けた記述である。警察はおそらく、この部分を見て、水野が成績不振を悲観した――と断定することになったにちがいない。

たしかに、水野はやる気を失っていたような印象がないでもない。

その原因は二日前の出石行きに求めることも、あるいは可能かもしれない。となると、やはり出石焼の天沢まゆ子とのあいだに、何かが――つまり、失恋のような出来事があったことも考えられる。

それで警察も天沢家を訪ねてみたということなのだろう。

浅見は身を起こして、エンジンキーを回した。水野が最後の日に訪問した三軒の家を訪ねてみるつもりだ。

城崎町に入ってから、電話ボックスで電話帳を開き、三軒の家の電話番号を調べた。

富村という家は四軒あったが、矢瀬と加久家は一軒ずつしかなかった。

浅見は水野の日誌に書かれていた順番どおり、矢瀬家をまず訪れた。

城崎町の中心部といっていい住宅街にある、二階建の、新建材を使ったふつうの家だった。この辺りの家は、ほとんどが道路にドアが面しているような造りになっている。

「矢瀬」という表札を確かめてから、チャイムボタンを押した。昼食どきを少し過ぎたかという時刻で、この時刻なら主婦か誰か、いるだろうと考えた。

「あいよ」と男の声がして、すぐにドアが開けられた。

「あ……」

中から顔を出した男も、外の浅見も、ほとんど同時に声を発した。

「またあんたですか……」

ジャンパー姿の男は、なんときのうのレンタカー屋のおやじであった。

「あなたが矢瀬さんですか？」

浅見は思わず呆《あき》れたような言い方をしてしまった。

「そうですよ、わしが矢瀬です」

文句あるか——とでも言いたそうに、レンタカー屋のおやじも応じた。

「そしたらおたくさん、それを知らんと来やはったのですか？」

「ええ、まったく知りませんでした。そういえば、レンタカー屋さんはここから近いのでしたか」

「すぐそこです。昼飯を食いに来たところですが、何か用事ですか？　あの事故のことやったら、わしは何も知りまへんで」

「いえ、そのことはいいのです。そうではなくて、僕は水野さんのことで聞きたいことがあって来ました」

「水野さんいうたら、あの去年自殺しはった人ですかいな。それやったら警察も来たけど、何も知らんいうて、それっきりです。いや、あんたにも何も話すことはありまへんがな」

「しかし、水野さんは亡くなった日に、お宅を訪問しているのでしょう？」

「そうですよ、来ましたよ。そやから警察がやって来たのでしょうが。けど、何も知らんものは知らんのです。いま飯を食うてる最中やさかい、失礼しますわ」

レンタカー屋は言ってドアを閉めた。

浅見はそこから城崎署へ向かった。折よく横尾部長刑事が摑《つか》まった。

「水野さんの事件の際、レンタカー屋――矢瀬さんに事情聴取をしたそうですね？」

浅見はいきなり訊《き》いた。

「ああ、しましたよ。水野さんが最後にセールスに行った家の一つがあそこの家やったですからな」

「その結果はどうだったのですか？」

「どうって……べつに」

「矢瀬さんを訪問したことと、事件とのあいだに、関係は何もなかったのですか？」

「まあ、そういうことですな」

「アリバイは？」

「アリバイ？　レンタカー屋のですか？　そんなもん、調べるわけがないでしょうが」

「どうしてですか？」

「どうしてって……そんなもん、保険の勧誘に行って断られたからって、それだけの関係の相手を、片っ端から調べておったら、刑事が何人おっても足らんようになりますがな。第一、断られた腹いせに殺すなら分かるけど、断ったほうが殺すなんていうのは、聞いたことがないですよ」

「それじゃ、矢瀬さんに聞き込みに行ったのは、どういう理由があったのですか？」

「ん？　そりゃ、あんた、水野さんの自殺の原因を探るためでしょうが」

「つまり、水野さんは自殺したものと決めてかかっていたわけですね？」

「いや、決めてかかっていたとか、そういうわけでは……」

「しかし、実際はそうだったのではありませんか？　水野さんの死は自殺の心証が強い。そこで、自殺の動機となるような事実関係を確認するための聞き込み作業だったのではありませんか？」

「まあ、たしかにそういう一面もないわけではないですがなあ……しかし、水野さんの日誌を見ても、セールスがうまくいかないで悩んでいた事例は、かなり多かったことも事実やったのです」

「それは、僕も水野さんのお宅から日誌を借りて読みましたから、たしかにそういう記述のあったことは認めます。しかし、全体的な分量からいえば、希望的観測のほうがはるかに多かったですよ。警察は最初から自殺の動機探しに力点を置いたので、マイナスイメージのほうばかりをピックアップしてしまったのではありませんか？」

横尾は鼻の頭に皺《しわ》を寄せた。

「まあ、いまとなれば何とでも言えますが、事件当時はそれなりに調べておるのです。その結果として自殺いうことで処理したものを、いまさら再調査することもでけんわけですよ」

「だったら、きのうの暴走事故のことで事情聴取をやりませんか。あれは間違いなくブレーキ装置に破壊工作を行なったのだし、その後、捜査はまったく行なわれていないのでしょう？　まかり間違えば、僕はもちろんおふくろも一緒に日本海へドボンとなるところだったのですから、警察が捜査する意味は充分あります」

「うーん……それはまあ、そうですなあ」

横尾は仕方なさそうに、重い尻《しり》を上げた。

浅見本人のことはともかく、「母親」を持ち出したのは効果的だったらしい。警察庁刑事局長の母親がドボンとなっては、警察としては具合が悪い道理だ。

浅見は横尾部長刑事をソアラに乗せて、ふたたび矢瀬の家に向かった。

「遅い昼食の習慣らしいのですがね、まだ家にいてくれるといいのだけど」

店のほうではろくな話もできない。たぶん、警察の聞き込みは、レンタカー屋の店のほうへ行ったのだろう――と思ったが、浅見はそのことを横尾に確かめるのはやめた。

期待どおり、矢瀬はまだ自宅にいた。ちょうど出掛けようとして、ドアを開けたところにソアラが辷《すべ》り込む形になった。

「さっきはどうも」

浅見はお辞儀をしたが、矢瀬は商売ガタキのソアラをジロジロ眺めて、面白くなさそうな顔をしている。

「ちょっとお邪魔しますよ」

横尾が言った。矢瀬ははじめて気がついて、とたんに相好《そうごう》を崩した。

「やあやあ、どうもどうも、今日はまた何ですか？」

「いや、ちょっとな、きのうの事故のことで、この人があんたに何ぞ話したいことがある言うもんで、一応、立会人いう形で一緒に来たいうことじゃ」

「ふーん……あの事故のことをまだ言うてますのか？　もうええやないですか、怪我もなかったのやし。それに、ゴチャゴチャ言うんやったら、車に傷をつけてもろたことかて、問題にせななりまへんがな」

「まあまあ、そう気を悪くせんと、ちょっと話を聞かせてくれんか」

横尾は矢瀬を追い立てるように、ドアの中に押し込んだ。

玄関の中には矢瀬の妻がいて、不安そうな目を二人の闖入者《ちんにゅうしゃ》に向けた。矢瀬という名前は亭主のためでなく、彼女のためにあるように、病的に瘦《や》せた女だった。

矢瀬の妻は神経質な性格らしく、家の中はじつに整然と片付いている。応接室の調度品もピカピカに磨いてあった。

「ブレーキオイルが漏れたという、あれは結局、どういう事故だったいうことかね？」

横尾は事務的に訊いた。

「分かりませんなあ。ブレーキオイルのパイプの結合部が壊れたいうことは確かじゃけど、原因が何か、単なる事故なのか、誰かの仕業か、それともお客さん本人がやったのか……」

「そりゃひどいなあ」

浅見は呆《あき》れて、思わず叫んだ。

「邪推もいいところですよ。こっちは下手すると、母子もろとも日本海へ……」

「まあまあ」

横尾が笑いながら浅見を宥《なだ》め、矢瀬にはジロリとした目を向けた。

「あんたも言い過ぎとちがうかね。もしそういう疑惑を持っておる言うのやったら、しかるべく調査して、白黒をはっきりさせなあかんことになるが」

「あ、いや、そんなに疑うておるいうわけじゃないのでして。ただ、その、うちの店の信用問題に関わるもんで、つい……言い過ぎたことは堪忍してください」

さすがにレンタカー屋は頭を下げた。

横尾は「事故」の件について質問をしたが、やはりとおりいっぺんのことになった。もともと警察の対応が鈍く、かりに証拠となるようなものがあったにしても、すでに時機を逸してしまっている。矢瀬が「知らない」と言い張る以上、いまさら事件性が生じることはなさそうだ。

「ところで……」と、横尾は言いにくそうに切り出した。

「矢瀬さんは水野さんが死んだ日に、保険の勧誘を受けとったのじゃなあ」

「そうですよ、そのことは警察が来て、聞いて行かはったことです」

「そうやったな。それで、念のために訊《き》くのやけど、その夜、あんた、どこにおったか憶《おぼ》えておらんですか？」

「は？　その夜いうと、一年前のことやないですか。そんなもん、憶えとりますかいな」

「しかし、次の日には水野さんの死体が見つかったいう、大騒ぎがあったのやから、ぜんぜん記憶がないいうこともないと思うのじゃけどなあ」

「そら、その日ぐらいは……そうや、その前の晩は日槍《ひぼこ》さんの集まりがあったなあ」

「ヒボコさん……ですが？」

浅見は聞き返した。

「そうです、あんたらは知らんでしょうが、日槍さんはわしらの神様ですがな」

「ヒボコとはどういう字を書くのですか？」

「お日様の日に槍《やり》ですがな」

矢瀬は浅見に向けて槍を突き出すような恰好《かっこう》をして見せた。

「ああ、日槍、ですか……それはどういう神様なのですか？」

「あそこの、あれがそうです」

レンタカー屋は浅見の斜め後ろを指差した。浅見が振り返ると、仏壇と神棚をミックスしたようなケースの中に、阿修羅《あしゅら》に似た像が立っている。

浅見は席を立って、像の前に行ってみた。

やはりどう見ても阿修羅像である。ただ。光背《こうはい》が変わっていて、槍が九本、阿修羅の踵《かかと》の辺りから上に向かって、放射状に広がっている。まさに「日槍」と呼ぶに相応《ふさわ》しい感じではあった。

「ずいぶん珍しい神様ですね。お不動さんとも違うみたいですが」

「違いますがな」

矢瀬はムキになって、口を尖《とが》らせた。

「この辺り……但馬地方だけに伝わる、われわれの神様ですがな。正確に言うたら『天日槍』と書いて、アメノヒボコ言うのやそうやけど」

「もしかすると、それは……」

浅見はまたしても「土蜘蛛《つちぐも》族」と言いかけて、口を押さえた。

「ん?……」

矢瀬も、横尾も、浅見の言葉の続きを待っている。

「それは、大陸から渡来してきた人々の信仰の対象なのではありませんか?」

「さあなあ……わしは詳しいことは知らんのですよ」

矢瀬は首をひねった。

「先祖代々、祀《まつ》っているいうことは知っとったけど、どういう神様なのか、ほんまは知らんのです」

九本の槍が背後で天を指している阿修羅の立ち姿は、全体として、どことなく蜘蛛の形を想像させせないこともない。

「この神様のことについて、詳しく知っている人はいませんか？」

浅見は訊いた。

「ちょっとちょっと浅見さん」

横尾がびっくりして口を出した。

「あんた、そんなもんと事件と、何も関係ないのとちがいますか？」

「刑事さん、そんなもんいう言い方はないでしょうが」

とたんに矢瀬が怒った。

「ん？　ああ、申し訳ない。そういう意味で言うたわけじゃないのです」

「僕は城崎地方の歴史を勉強しているところでしてね。ぜひ、その神様のことを詳しく知りたいのですが」

浅見はどさくさまぎれのように、矢瀬に迫った。

「詳しいいうたら、城崎ではやっぱり、来日の安里さんのじいさんに聞くがいちばんええ、思うけど」

「安里さんというと、お堂のある家の安里さんのことですか？」

「そうや、ちょっと気難しい人やけど、日槍様のことやったら、何でもよう知ってはるさかいにな」

勢い込んできたにしては、何だか世間話めいたことになってしまった。少なくとも横尾はそう思った。

「そしたら浅見さん、こんなところでええですか？……」

横尾は腰を上げた。

矢瀬家を辞去して、二人は道路に停めてあるソアラの前まで行った。

「浅見さん、これからどうします」

横尾は聞いた。

「さっき、矢瀬さんが言っていた、安里さんのお宅を訪ねてみますよ」

「そうですか、そしたら私はここで」

横尾はつまらなそうな顔で歩いて行った。

2

城崎町の背後にそそり立つ来日岳《くるひだけ》は標高五六七メートル、この付近ではひときわ目立つ高山である。

城崎温泉街の奥まった辺りから、山の中腹までのロープウェイがあって、観光客に喜ばれている。

そのロープウェイと山頂を挟んだちょうど真反対の側に安里家はある。来日の集落に属してはいるけれど、集落からはポツンと飛び離れた場所だ。

円山川沿いの県道を右折して来日の集落を抜けると、道は急に細くなり、来日岳の裾《すそ》をグルリと巻くようにして、ウネウネと続く。安里家はその曲がりくねった道がもっとも南に下がったところから一キロばかり行った辺りだが、さらにその道を行くと、やがては北へ抜け、鳥取方面へ向かう県道に、ふたたび合流することになる。

ちなみに、この道の途中から来日岳頂上を目指す枝道があって、威勢のいいドライバーは山頂まで車で登ることもあるそうだ。

しかし、そういう物好きをべつにすれば、ふだんは車の往来のほとんどない細い道で、昼間でも、めったに擦れ違う車もないのだから、夜間になればさぞかし寂しいにちがいない。

安里家はこの前と同じように、ひっそりと静まり返っていた。南向きの傾斜地にありながら、まるで北の斜面にいるような、うそ寒い気配に満ちている。

浅見はおそるおそる家に近付き、ひしゃげたような板戸の前で「ごめんください」

と声をかけた。

何か奥のほうで応答があったらしい。しばらく待つうちに、スリラードラマのような軋《きし》み音《おん》と一緒に戸が開いた。それもわずか十センチばかりだけ、開いた。

「誰じゃい？」

戸の隙間から老人が顔を覗《のぞ》かせた。背を屈《かが》めているのか、それとも、もともと小柄なのか、把手《とって》の辺りに顔がある。

「先日伺った者ですが、ご老人に当地の伝説についてお話をお聞きしたいと思って参上しました」

「ふーん……」

老人は匂いを嗅《か》ぐように、鼻を上に向けている。

「先日はお孫さんと挨拶《あいさつ》したのですが、今日はお留守ですか？」

「ああ、あれは出ておる」

「いかがでしょう、ちょっとお邪魔させていただけませんか？」

「そうじゃな……」

老人はなおも鼻を蠢《うごめ》かして、こっちの様子を探っている。その時になって、浅見は老人の目がほとんど閉じられていることに気づいた。

もう八十何歳か……。あるいは目が不自由なのかもしれない。

「ま、入れや」

老人は板戸を開けたままにしておいて、引っ込んだ。

家の中はおそろしく暗い。外の光に慣れた目では、長いあいだ物の姿さえ判然としなかった。

ようやく辺りの様子が見えてくると、つい目前にいるものとばかり思っていた老人が、とんでもないところに座っていた。二つ奥の部屋の机の前で、背を丸くして、こっちをじっと見つめている。

「そちらへ行ってもよろしいでしょうか?」

浅見は一応、訊《き》いてみた。老人は「ああ」と面倒臭そうに答えた。

「それで、何を聞きたいんじゃと?」

「じつは、土蜘蛛伝説のことについて知りたいのです」

「土蜘蛛? そんなもん、知らん」

老人はそっけなく言った。皺《しわ》だらけの顔の中で、目が光った。不自由だと思ったのは、どうやら間違いで、ちゃんと見えているらしい。もしかすると、暗いところばかりにいるために、明るい場所では見えないということがあるのかもしれない。

(まるで土蜘蛛みたいに……)

浅見はふと連想して、心臓がドキンと鳴った。

「僕は、土蜘蛛《つちぐも》というのは、天日槍《あめのひぼこ》の人々を大和王朝が恐れてつけた名前ではないかと思ったのですが」

「ふん」

老人の目が細くなった。

「あんた、どこから来たのか？」

「僕は東京から来ました」

「東京か……」

そのことにどういう意味があるのか、それとも単に訊いてみただけなのか、老人は興味なさそうにそっぽを向いた。

「天日槍というのは、どういう神様なのですか？」

「天日槍は、本来、北但馬地方の正統な王たるべき種族の祖先じゃよ」

老人は重々しい口調で言った。

「古事記にも日本書紀にも天日槍のことが書いてあるのじゃが、知らんのか？」

「はあ、どうも不勉強なもんで、知りませんでした」

「いや、一般人は知らんでも当然じゃな。言うてみれば、大和王朝によって種族が抹殺され、さらに明治以後においては、その伝承それ自体までもが、軍国主義や皇国史観によって抹消されたのじゃから」

「そうだったのですか」

「ああ、そうじゃよ。しかし、古事記の応神《おうじん》天皇の条にはこう書いてある」

老人は目を閉じて、宙に顔を向けた。

「また昔、新羅《しらき》の国王《こにきし》の子ありき。名は天之日矛《あめのひほこ》と謂《い》ふ。この人参渡《まゐわた》り来ぬ――とな。

また日本書紀にはこう書かれている。三年の春三月《やよひ》に、新羅《しらき》の王《こきし》の子天日槍《あめのひほこ》来帰《まうけ》り。将《も》て来《きた》る物は、羽太《はふと》の玉一箇《ひとつ》・足高《あしたか》の玉一箇・鵜鹿鹿《うかか》の赤石《あかし》の玉一箇・出石《いづし》の小刀一《かたなひと》口《つ》・出石の桙一枝《ほこひとつ》・日鏡一面《ひのかがみひとつ》・熊《くま》の神籬一具《ひもろきひとそなへ》、幷《あは》せて七物《ななくさ》あり。則《すなは》ち但馬国《たぢまのくに》に蔵《をさ》めて、常に神の物とす」

「では、やはり朝鮮半島からの渡来民族だったのですね？」

「ああ、そういうことじゃな。そうじゃ、天日槍は知らんでも、タジマモリのことは知っとるじゃろが」

「タジマモリですか？　聞いたことがあるような気もしますが、はっきりした記憶はありません」

「なんじゃ、但馬に来てタジマモリのことも知らんのか？　それでよう、わしのところへ来られたもんじゃな」

老人は呆《あき》れたように言い、一転、はげしい口調で「帰れ」と言った。

「もう少し話を聞かせていただけませんか」

「あかん、帰れ」

「お孫さんともお会いしたいですし……」

「しつこいやっちゃな、帰れ言うたら、はよ帰らんかい！」

老人は本気で怒ったらしく、手元にあった樫《かし》の杖《つえ》を握った。

浅見はサッと飛びすさって、「どうもありがとうございました」と投げ捨てるように言うと、急いで表に出た。

3

安里家を追い出されたものの、浅見は心浮き立つものを感じながら、車を走らせた。

藤田に依頼された時には、まるで、それこそクモを摑《つか》むような話だった「土蜘蛛伝説」に、なんとか曙光《しょこう》らしきものが見えてきた。

土蜘蛛族は間違いなく天日槍族の別称であり、大和朝廷側からいえば蔑称《べっしょう》であると考えてよさそうだ。

三木屋に帰ると、雪江が待ち構えたように部屋に呼びつけた。

「光彦、あなたどこへ行っていたのです？」

「はあ、雑誌の取材に駆け回っていました。何かありましたか？」

「何もありませんよ。何もありませんから、そろそろ東京へ引き上げようかと思うのだけれど、明日《あした》の切符、手配できないかしら」

「えっ、もう帰るのですか？　それはまずいですよ、僕の仕事のほうが中途半端です」

「それはあなたが余計な事件に首を突っ込むからでしょう。お仕事のほうにだけ専念すればいいものを」

「ですから、仕事のほうの目鼻も、やっとついたところなのです。土蜘蛛族は天日槍族という、朝鮮半島からの渡来人が祖先らしいのですね。その一族の中にはタジマモリとかいう人物がいるという……そこまではなんとか調べられたのです」

「あら、そうなの、タジマモリがそうなの。懐かしい名前だこと」

「えっ？　お母さんはタジマモリをご存じなのですか？」

「ご存じって……そういう言い方をすると、なんだかわたくしがタジマモリの友人か何かのように聞こえるではありませんか。タジマモリは二千年も昔の人ですよ」

「はあ、それはだいたい見当がついているのです。とにかく古事記や日本書紀の世界なのだそうですからね」

「そうですよ、わたくしたちは確か歴史か、それとも修身で習ったのだと思うけれど……あれは垂仁《すいにん》天皇の御世《みよ》だったかしら？　垂仁天皇は御長命な方で、確か百四十歳近く生きられたはずですよ。その垂仁天皇がご病気になられたので、タジマモリ――漢字だと田道間守と書くのだったわね。田道間守の歌というのもあって……香りも高い橘《たちばな》を積んだお船がいま帰る……」

雪江は歌いだしたが、さすがに照れ臭くなったのか、すぐにやめた。

「でも懐かしいわねえ、もう何十年前になるのかしらねえ。戦争の頃を思い出すわ」

若やいだ声を出して、天井の辺りをぼんやり眺めている。

「あの、お母さん、それはいいのですが、タジマモリの話のほうはどうなったのでしょうか？」

「ああ、その田道間守は天皇のために橘の実を探して、海を渡って大陸へ行くのね。古事記では『常世国《とこよのくに》』だと思ったけれど。そうして、苦労して帰って来たら、天皇はすでにおかくれになっていて、田道間守は悲しみのあまり、泣きながら死んでしまうという、そういう悲しいお話ですよ」

「ふーん……そういうことですか……」

「呆れた人ねえ、あなたそんな話も知らないで但馬に取材に来たの？　田道間守は但馬の国――つまりこの付近の歴史上の有名人じゃありませんか」

「あ……そうか、タジマモリのタジマというのはその但馬でしたか……」

「情けない人ねえ」

雪江は舌打ちでもしそうな顔をした。これでまた、次男坊の株は暴落しそうな気配であった。

その時、「お邪魔いたします」と声がかかって、三木屋の女将《おかみ》が顔を出した。

「お三時でございますので、お茶をお持ちしました」

茶菓子を添えて、テーブルの上に載せてくれた。

「ねえ女将さん、ここは田道間守の地元ですわよねえ」

雪江が言った。

「はい、さようでございますよ」

「それご覧なさい。とにかく近頃の若い人は何も知らないのだから、困ってしまう。女将さん、この子は田道間守のことを知らなかったのですよ。笑ってやってくださいな」

「まあ、ほほほ、笑うなんて……地元におっても、若い人たちはそういう昔ばなしを知らなくなりましたですよ。それでも、田道間守の名前ぐらいは、観光パンフレットやら、道ばたの看板やらに出ておりますので、少しぐらいは知ってはるみたいですけど」

「それじゃ女将さん、天日槍のことは知っていますか？」

浅見は訊《き》いた。

「はい、それはもちろん、私らぐらいの歳の者なら、誰かて知っております。田道間守さんの祖先……たしか四代前の方ではなかったかと思いますけど」

「ふーん、そうなのか」

「詳しいことは知りまへんけど、とにかく、但馬に昔から住んでいた人々の王様みたいな方やそうです。出石に出石神社《いずしじんじゃ》さんいうのがありますけど、そこに祀《まつ》られてはる神様が天日槍《あめのひぼこ》さんやいうことです」

「へえー、出石神社ですか……」

浅見の脳裏に、出石焼の娘・まゆ子の面影が浮かんだ。

「ちょっと、その神社を見て来ます」

浅見は立ち上がった。雪江が何か言いたそうだったので、急いで部屋を飛び出した。まごまごすると、連れて行きなさいなどと言い出しかねない。

豊岡から出石町へは出石川《いずしがわ》の堤防上の道を行く。出石町へ入ったところで道を訊くと、すぐに分かった。市街地の一つ手前の集落で左折すると、正面に見える森が出石神社の境内であった。

浅見は車を下りて、境内に入った。それほど大きな建物ではないが、鳥居とその奥にある神域を囲む回廊ふうの塀など、堂々としていかにも由緒ありげだ。

門を潜《くぐ》り、神殿に向かって歩きだした浅見の目の前に、思いがけない人物が立っていた。出石焼の天沢まゆ子である。黒のショートタイトに白いプルオーバーのセーター姿で、また黒猫を抱いている。

「あら……」

先方も同時に気がついて、足を停めた。

「やあ、先程は……」

感激のご対面——といったところだ。浅見は妙に胸が詰まって、言葉が途切れた。

「驚いたなあ、こんなところで会うなんて」

ようやく、それだけ言えた。

「ほんま……びっくりしましたわァ」

娘も頬を染めている。

「お参りですか？」

「ええ」

どうもわれながら平凡な会話で、それ以上に話が発展しにくい。

「この神社は天日槍を祀っているのだそうですね」

「ええ、そうですけど。よう知ってはりますなあ」

「いや、たったいま旅館の女将さんに聞いたばかりなのですよ。それで、すぐに確かめたくなってやって来たら、あなたに会えた。幸運です」

浅見としては、最大級のおべんちゃらである。しかし、正直な気持ちでもあった。

「ほんま、偶然ですなあ。私かて、たまたまお参りに来たんです。神様のお引き合わせかしら」

お世辞では商家の娘にかなわない。

二人はどちらからともなく接近して、なんとなく横手の森に向かって歩きだした。

「じつは、あれからいろいろ調べましてね、そうしたら、僕がおたくで喋《しゃべ》った、例の土蜘蛛《つちぐも》族というのは、ほんとうは天日槍の一族だったのではないかということが分かったんですよね」

「そうですよ」

まゆ子はあっさり頷《うなず》いた。

「なんだ、そのこと、知っていたんですか」

「そら、私かてそのくらいのことは知ってます。でも、土蜘蛛族いうのは、言うてはならない……いわば、タブーみたいなことになってはりますのよ」

「なるほど、そういうことだったのですか。どうも僕は無神経だったようですね」

「そんなことないです。そういう事情を知らなければ、仕方のないことですもの」

「それはそうだけど……しかし、そういう言い伝えというのは、いまだに生きているのですねえ」

浅見はしみじみした口調で言った。

境内の南側に広がる原生林のような、こんもりした森の周辺には、石製の柵《さく》が設《しつら》えてある。二人はその前で立ち止まった。

時刻は四時を少し過ぎた。まだ太陽はあるのだが、森の際のこの辺りは、すでに夕景のような気配が漂っている。

「ここから先は『禁足地《きんそくち》』つまり、足を踏みいれてはいけない土地になっているのです。天日槍のお墓だとも言われていますけど、それ以前に、たぶん神籬《ひもろぎ》だったのやないかと思います」

神籬とは、神々の依《よ》り代《しろ》——神社の原型といわれるものだ。そう言われて見るせいばかりでなく、確かにその空間には、ある種の霊気のようなものが感じられる。浅見はまゆ子に気づかれないように、肩をすくめて、体を震わせた。

「言い伝えばかりでなく、私なんか、ほんまに天日槍の子孫やったら、素晴らしいのになあとか思うんですよね」

まゆ子は瞳《ひとみ》を輝かせて、言った。

「天日槍いうのは、一人の神様の名前でなく、鉄文化を持った渡来人の集団を意味しているのではないかというのが、いま、いちばん有力な説みたいです。円山川の流域は、かつては泥沼みたいな、どうしようもない土地やったのやけど、それを、鉄文化を持った人々がやって来て、瀬戸の岩山を切り拓《ひら》き、水を海に流して、良田を作ったいうことです。その瀬戸いうのは、現在の豊岡市瀬戸のことですけど」

「それじゃ、天日槍族は優秀な種族だったということですよねえ。それなのに、大和王朝に屈伏することになったのはどうしてなのだろう？」

「大和王朝は、出石神社の神宝を騙《だま》し取ったという話があります。そのために、天日槍族の抵抗が力を失ったのやそうです」

「なるほどそういうものなのですか……」

浅見はいちいち感心することばかりだ。

「それ以来、天日槍の人々は大和王朝の支配下にあって、苦しい暮らしを続けてきたのやそうです。たとえば、天日槍族が切り拓いた瀬戸かて、取り上げられてしまったいうことからも、そういう過酷な支配体制が行なわれたいうことは明らかでしょう。それは昔むかしのお話ではなくて、現在でも継続していますのよ」

「え？　現在でも？……まさか……」

「ううん、嘘やないですよ。地図を見たら分かるでしょう。城崎町は豊岡市に包みこまれるような境界線の中にあるのです」

「そう、それは確かにそうだけれど……」

「円山川の河口である瀬戸は、どう見ても城崎町に属したほうが自然や思いませんか？　それなのに、豊岡市の飛び地みたいに、城崎町を封鎖しているのですよね」

浅見は頭の中の地図を広げて、まゆ子の言ったことを確かめた。

「うーん……そういえばそうとも取れないことはないけどねえ……しかし、そういえば不思議だなあ。なぜ豊岡市があそこまで張り出したのだろう？」

「豊岡ははるか昔から中央政権の直轄地やったのです。つまり、天日槍族の動きを監視する役所があった時から、江戸時代にいたるまで、ずっと城崎を睨《にら》み続けていたし、その名残がいまでもあるいうことなのです」

大和朝廷の勢力は、現在の福知山か、あるいは夜久野《やくの》付近から、円山川流域に向かって侵入してきたと考えられている。その時期は五世紀頃というのが定説だ。

大和政権の支配が行なわれていたことを象徴する「三宅《みやけ》（屯倉）」という地名は、現在も豊岡市と関宮町《せきのみやちょう》に残っている。それ以外に、大和政権の進出を示す「部《べ》」の分布は円山川流域および出石地方一帯に展開しているのだが、なぜか城崎にはその形跡がまったく存在していない。

そのことは、城崎には土着の先住民があって、強力に支配するとともに、大和政権の進出を徹底的に阻んでいたためであると考えられる。それがつまり天日槍族の集団であったというわけだ。

その後、中央の勢力は徐々に城崎を懐柔していったが、城崎をとり囲むような不自然な境界線は江戸期、近代を経で、現在もなお生きている。

まゆ子の話はそういった知識に基づいているだけに、話としても面白いし、何よりも説得力があった。

浅見は驚きかつ感心した。三木屋の女将《おかみ》の言葉によれば、「近頃の若い人」は地元であっても、歴史に関心がなく、但馬地方のことをあまり知らないというが、天沢まゆ子は例外なのだろうか?

「ずいぶん詳しいですねえ」

「あら……」

まゆ子は口を押さえた。

「つまらないことを喋りまくってしまって……こんなの、よその土地の人にとっては退屈ですよね」

「いや、そんなことはない。僕はむしろ、そういう話を聞きたかったのです。ところが、どこへ行っても、誰に聞いても、なぜか土蜘蛛族に関わる話はしてくれないので、困っていたところです。考えてみると、それはタブーなのだから、当然のことだけれど」

「土蜘蛛と言うからいけないのです。天日槍《あめのひぼこ》のことなら、誰だって誇りをもって話してくれはる、思いますけど」

「しかし、いずれにしても、天日槍は滅亡の歴史以外の何物でもないわけでしょう。話すほうも聞くほうも、つらい話ですね」

浅見が眉《まゆ》をひそめて言うと、まゆ子はおかしそうに笑った。

「浅見さんて、感情移入がつよい人や思いますけど、ちがいますか？」

「あ、当たった、確かに僕は女の腐ったのみたいに……あ、いけねえ、これは差別的な言い方ですよね。撤回します、男の腐ったのみたいな男なのです」

まゆ子はますますおかしがって、苦しそうに笑った。浅見も照れながら、だらしなく笑いだした。

しばらく笑ってから、まゆ子は真顔に戻って、言った。

「天日槍信仰には、天日槍の生まれ変わりがいつかきっと、来日岳に現れて、城崎を取り戻すっていう言い伝えがあります」

「ほう、来日岳ですか」

「ええ、来日岳……あの山に、天孫降臨と同じように、天日槍が降り立ったという、天日槍信仰の神話があるのです」

その時、浅見は反射的に安里の老人を思い浮かべていた。あの闘争的な姿勢はただごとではない。ひょっとすると、あの老人こそが天日槍信仰の権化《ごんげ》なのかもしれない。

「城崎を取り返すというと、具体的にはどういうことをするのかなあ？」

「さあ……まさか、戦争を始めるいうわけやないと思いますけど」

まゆ子は笑顔で言った。

「天日槍の生まれ変わりがいつ、どんなふうに現れるのかは、誰も知らないわけでしょうねえ」

「もちろんですよ、知っていたら、すぐに警察とか自衛隊とかがやってきて、過激派をやっつけるみたいに、叩《たた》きつぶしに来るでしょう」

「そうですよねえ、立ち上がる時はワーッというふうにやるのだろうねえ」

「そう、それまではじっと潜んでいるの。まるで土蜘蛛《つちぐも》みたいに」

まゆ子はそう言って、妖精《ようせい》のように怪しく笑った。

第六章　レンタカー屋の死

1

天沢まゆ子とは出石神社の前で別れた。まゆ子は赤いシビックの窓から細い手を出して、「さよなら」と振りながら、ずいぶんと長いこと走って、カーブにさしかかるところでようやく手を引っ込めた。

浅見は彼女の車が見えなくなるまで見送ってから、エンジンキーを回した。なんだか大切なものを失ってしまうような心残りを、彼女の後ろ姿に感じていた。

まゆ子は「たまたま来た」と言っていたけれど、偶然であれば偶然であるほど、こういう場所で出会ったことに、つい運命的なものを感じたくなってしまう。信仰心はまったくと言っていいくらい希薄なくせに、浅見は超常的な現象そのものの存在については信じている。世の中には人智《じんち》では理解しきれない、不思議なことが多いものなのである。

暮れかかった野末のむこうに、天日槍伝説の象徴のように、来日岳がひょっこりとしたシルエットを作っている。

十数世紀の昔、出石神社の森の中では、天日槍を奉じる人々が、襲い来る大和王朝軍と滅亡の予感に脅えながら、あの山に向かって祈りを捧《ささ》げていたのかもしれない。

城崎の街に入った頃には、すでに六時を過ぎてとっぷりと暮れきっていた。温泉街をカラコロと下駄《げた》の音を響かせて歩く客の姿がチラホラとあった。

雪江の部屋に顔を出すと、電話が二本あったという。

「藤田副編集長さんと、それから安里さんとかおっしゃる方から」

雪江は言って、「副編集長さん、原稿の出来上がりを心配なさっていらしたわよ。遊び歩いてばかりいて、大丈夫なの？」と眉をひそめた。

「ええ、大丈夫です、順調に進んでいますから」

「だったら早くお電話なさい」

目の前の電話機を指差した。

浅見は仕方なく受話器を取った。『旅と歴史』のダイヤルを回しながら、心の中で「あんちきしょう」と藤田のことを罵《ののし》った。藤田だけでうんざりしているのに、この上、母親にまで原稿の催促をされてはたまったものではない。

「あ、浅見ちゃん、さっき電話したら、おふくろさんが出ちゃってさ、具合悪いったらないの。何か言ってた？」

藤田はいきなり、そう言った。後ろめたそうな口ぶりから察すると、藤田ぐらい図々《ずうずう》しい者でも、雪江未亡人はけむたいらしい。

「原稿の上がりを心配してくれてますよ」

浅見は母親の顔をチラッと見て、わざとつっけんどんに言った。

「そうなの、そういうつもりはなかったんだけど……気にしちゃったかな」

「で、用件は原稿のことですか？」

「そりゃそうよ。ほかに何があるって言うのさ？」

「それだったら、心配しないで大丈夫です。いい取材もできたし、なかなかのルポになりそうですよ」

「ほんと、そりゃよかった。温泉に浸《つ》かって美味《うま》いカニ食って、それで原稿が捗《はかど》りゃ、言うことないねえ」

最後に「おめでとう」と捨て台詞《ぜりふ》のように言って、藤田は電話を切った。

大きなことを言ったほどには、原稿のほうは「心配ない」状態ではなかったのだが、それより、浅見は安里からの電話が気にかかった。

受話器を握ったまま、すぐにフロントに電話して、安里家の電話番号を調べてもらおうとしたが、女将《おかみ》の話によると、驚いたことに、安里家には電話がないという。

「おじいさんが電話は嫌いやとか言うて、つけはらしませんのやそうです」

女将はそう言っている。

「えっ？　そうすると……あの、電話をかけてきた安里さんというのはご老人のほうではないのですか？」

浅見は送話口を覆い、振り返って、母親に訊《き》いた。

「ええ。お若い方のようよ」

雪江はすまして答えた。

「用件は何も言ってなかったのですね？」

「おっしゃってなかったわね。伝言をとお訊きしたら、また電話するとか」

「そうですか……」

ひょっとすると、老人の気が変わって、土蜘蛛の話をしてくれることになったのかもしれない。

（どうするかな——）

受話器を置いて、浅見が思案しているところに、電話がかかってきた。

「安里ですが」と名乗ったのは、やはり若いほうの安里だった。家には電話がないのだから、どこか、外の電話を使ってかけて寄越《よこ》したということなのだろう。

「きょう、家にお見えになったそうですが、祖父が何か失礼なことを言ったのじゃありませんか？」

丁寧な言葉遣いをしている。

「いえ、こちらこそ不躾《ぶしつけ》なことを申し上げて、ご老人を不愉快な思いにさせたのかもしれません」

浅見も負けずに礼を尽くした。

「ところで、あらためてお話しするそうですので、もしよかったら、もう一度うちのほうに出掛けていただけませんか」

「えっ？　いまからですか？」

「ええ、いや、そちらのご都合にもよりけりですが」

「こっちはいっこうに構いませんが……そうですか、それじゃこれからすぐにお邪魔します」

雪江は明日《あした》にでも帰りたいと言っている。もしそんなことにでもなれば、今夜のうちに話を聞いておかなければならない。それに。レンタカーは八時までの約束で借りている。有効に使って、帰りにレンタカー屋に寄って返してくればいいと思った。

「ちょっと出掛けてきます」

浅見は腰を上げた。

「待ちなさい光彦」

雪江は叱った。

「何時だと思ってるの、もうお夕飯の時間でしょう」

言っているそばから、女性が料理を運んで来て、テーブルの上に並べはじめた。

「弱ったな……」

浅見は「これからすぐに」と言った手前、当惑した。こんなことなら時間を指定すればよかったのである。訂正したくても先方に電話がない。

しかし、考えてみると安里家だって夕食どきである。「すぐに」というのは言葉のあやみたいなものだから、母親の機嫌を損ねてまで時間を厳守することもあるまい
——とも思った。

おまけに、この夜の料理は城崎名物の但州御膳《たんしゅうごぜん》がメインディッシュであった。但馬牛とカニ、ハマグリが山盛りになった器を見て、空腹を抱えて動き回っていた浅見は、いやが上にも食欲をそそられた。

ふと気がつくと小一時間を経過していた。まだ料理はたっぷり残っている。雪江は珍しく健啖《けんたん》ぶりを示して、しつこく鍋《なべ》をつついている。息子としてはなかなか座を立ちにくかった。

ともあれ食事を終えて、浅見はようやく立ち上がった。

しかし、いったん自分の部屋に戻り、出掛ける段になって、ふいに漠然とした不安のようなものを感じた。何に対する不安か――と訊かれると困る、文字どおり漠然とした不安だ。

浅見にはほとんど霊感と言ってもいいような、説明のできない直観力がある。すでに他の作品で紹介していることなので、詳しい説明は避けるけれど、それはたとえば、横町から車が飛び出してくるのを予感するといったような能力だ。そういう、一種の超能力みたいなものは、誰しも待っているものだが、浅見の場合には現実にその能力が発揮された経験がある。

玄関で靴を履こうとした時に、はっきりと胸につかえるような不安を感じた。「イヤーな気持ち」と表現してもいい。それはことによると、「土蜘蛛《つちぐも》」というイメージからくる、不快な連想のせいかもしれなかった。

（どうしようかな――）

真剣に浅見は迷った。こういうことはそうザラにあるものではない。それだけに警戒を要するが、かといってこの予感めいたものが絶対であるとも断言できない。早い話、胸のつかえは、すこし料理を食い過ぎたせいなのかもしれない。

逡巡《しゅんじゅん》はしたものの、結局、浅見はソアラに乗った。あと四十分ばかりで返還予定時刻の八時になってしまう。どのみち出掛けなければならないのだ。

円山川沿いの県道を南へ二キロばかり行き、そこから右へ入ると来日の集落になる。集落を抜けて、来日岳山麓《さんろく》をめぐるように行く安里家への道は、街灯ももちろんない、真っ暗闇だ。

道は円山川の支流・来日川《くるひがわ》岸を遡《さかのぼ》るかたちで「J」の字を描いて進む。日中見ると分かるのだが、そのカーブの最南端を曲がりきったあたりで、来日川は極端に細まり、渇水期などは、やがて湧き水のように川床の下に消えてしまう。

車がちょうどそのカーブ付近にさしかかった時、ヘッドライトの明かりに、こちらに尻《しり》を向けて、道路の真ん中にデンと腰を据えて停まっている車が見えた。

暗闇の中に、白っぽい車体がボウッと浮かび上がったのは、あまりいい気分の風景ではなかった。

2

浅見はブレーキを踏んだ。狭く慣れない道だけに、それほどスピードを出していなかったから、ぶつかるほどの危険はなかったが、しかしその代わり、脇を擦り抜けて通ることもできない狭さだ。

浅見は腹立ちまぎれに、景気よくクラクションを鳴らした。

反応がない。テールランプも消えているところをみると、無人の状態で駐車してあるのかもしれない。

（非常識なやつだな――）

浅見は何度か、刻むようにクラクションを叩《たた》き鳴らした。

そのうちに、車が見憶《みおぼ》えのあるものであることに気付いた。ナンバープレートにはレンタカーであることを示す「わ」の記号がついている。ナンバーはウロ覚えだが、どうやら矢瀬のレンタカー屋で、最初に乗ってエンストをおこしたホンダシティらしい。

そのことに気付いたとたん、ドキンとする不吉な予感を覚えた。

浅見は周囲に気を配りながら車を出て、レンタカー屋の車の中を覗《のぞ》き込んだ。思ったとおり、誰の姿もない。ソアラのエンジン音を縫って、せせらぎの音と、死に遅れたようなかすかな虫の声が聞こえる以外、まったく人の気配は感じられない。

ドアはロックされている。レンタカー屋のおやじはどこへ行ってしまったのだろう？　それとも、乗っていたのは車を借りたお客なのだろうか？

ボンネットにふれてみると、ほとんどあたたかみはない。かなり長い時間、ここに放置されているらしい。

浅見は車から非常用の懐中電灯を取ってきて、周辺を照らしてみた。

道の左側は細い谷川になっている。真っ暗闇の中で判然としないが、道路から川までの落差は十メートルほどだろうか。もしやと思って谷の底も照らしてみたが、電池の残りが乏しくなっているのか、光量不足であまりよく見えない。

ここからだと、来日の集落までも、安里家までもそれぞれ一キロ以上はあるだろう。車がエンストをおこしたために、救いを求めて歩いて行ったのかもしれないが、少なくとも、集落の端からここに来るまでのあいだは、車とも人とも、まったく擦れ違っていない。

（どうしようかな――）

浅見は考え込んだ。Uターンしようにも、はたして切り返しが可能かどうかという幅員である。途中、どこにも枝道がなかったような気もする。だとすると、集落まで、一キロ以上の道程をバックしなければならないことになる。

とにかくしばらく待ってみることにした。車に乗っていたのがレンタカー屋のおやじにしろ、客にしろ、助けを呼びに行ったのなら、十分もすれば戻って来るはずだ。

しかし、その十分が経過し、さらに十分が経っても車の来る気配はなかった。制限時刻の八時になりそうだ。

浅見は仕方なくソアラに乗った。不案内のしかも夜の道をえんえんバックするのは、かなり危険だが、運転そのものには不安はなかった。

背後に集落の灯が近づいた時、ようやく細い枝道があった。浅見は車の向きを変えて、そのままレンタカー屋へ行った。すでに八時は過ぎていたが、レンタカー屋は超過料金をサービスしてくれた。

そこから徒歩で矢瀬のレンタカー屋へ向かう。こっちのほうは営業を終えていて、明かりを消し、シャッターが下りていた。念のためドアを叩いてみたが、応答はない。

浅見はさらに、すぐ近くにある矢瀬の家に行った。タクシーで行くにしても、とにかく、早いとこあの車をどけてもらわなければ安里家へ行くことができない。

だが、矢瀬は留守で、代わりに夫人が応対した。

「主人やったら、かれこれ二時間ばかり前に出掛けましたけど」

「どちらへ行かれたか、分かりませんか？」

「さあ？……どこへとも言わんと出掛けましたもんで」

二時間前といえば、浅見が安里からの電話を受けた時刻に近い。そのことと、何か関係があるのだろうか？

安里家へ行かなければ——と思いながら、どうすることもできずに、浅見はひとまず宿に戻った。安里をすっぽかす結果になるけれど、事情が事情だ、先方だって分かってくれるだろう。

いささか草臥《くたび》れた足を引きずるようにして、三木屋の玄関を入ったとたん、浅見は思わず「あっ」と叫んでしまった。

なんと、目の前に立って、浅見と同様、驚いた顔をしていたのは、浅見が訪ねようとしていた安里本人であった。

「どうしたんですか？」

浅見は思わず、詰《なじ》るような言い方をしてしまって、すぐに気がついて、「いま、お宅のほうへ行ったのですが……」と弁解がましいことを言いかけた。

「行けなかったのでしょう？」

安里は先手を取って、言った。

「車が道を塞《ふさ》いでいませんでしたか？」

「ええ、そうなんです。じゃあ、そのことを知ってるんですか？」

「私も被害者なんです」

「被害者？」

「ええ、じつは、こちらへの電話は豊岡からおかけしたのです。すぐに帰れるつもりが、ちょっと遅くなってしまいましてね。しかし、浅見さんがお話ししたい相手は祖父ですから、私なんかはいなくてもいいだろうと思って、ご連絡もしないでいたのです。ところが、いざ帰って来たら道路の真ん中に車がデンと停めてあるでしょう、それで仕方なく、引き返して、警察に知らせてから、とにかくこちらをお訪ねしたところでした」

「そうすると、ほんのひと足違いで、行き会えなかったのですね。それにしても、あの車はだいぶ前から停めてあるみたいでしたが、どうしたのですかねえ？」

「まったく迷惑な話ですよ」

「あれはレンタカー屋の車でしょう？」

「えっ？　そうなのですか？」

安里は驚いた。

「ええ、たしかおととい僕が借りようとした車ですよ」

「レンタカー屋というと、どっちのレンタカー屋ですか？　城崎には二つあるのですがねえ」

「矢瀬さんのほうです。さっき矢瀬さんのお宅まで行って来たのですが、留守で、二時間ばかり前に出掛けたということでした」

「二時間前？　じゃあ、その時から停めてあるのですかなあ？」

「まさか。そんなに前なら、われわれより先に車が通りかかっているでしょう」

「いや、それはどうか分かりませんよ。何しろ、あの道は夕方を過ぎると、私の家に用事でもないかぎり、めったに車は通らないのだから」

「そうなのですか……しかし、だとしたら、いったいどういうことでしょうか？」

消えてしまった矢瀬の身の上に、不吉な予感を抱いて、浅見は安里と不安げに顔を見合わせた。

「もしよければコーヒーでも飲んで行きませんか？」

浅見は安里を誘った。

「そうですな、どうせ道が塞がって帰れないのだから、ちょっとお邪魔して行きますか」

二人は旅館のロビーで寛《くつろ》いで、コーヒーを注文した。ロビーは中庭に面していて、昼間なら、つい目の前に、大きな鯉《こい》の泳ぐ池が見える。

コーヒーが運ばれて、しばらくのあいだは砂糖を入れたりミルクを混ぜたりの作業があった。インスタントコーヒーよりは少しマシかな——という程度の代物だったが、渇いた喉《のど》にはそれなりに美味《うま》く感じられた。

「ところで、どういう理由にせよ、安里さんのお宅へ伺う約束をすっぽかした結果になりましたが、お祖父《じい》さんはいまごろ、さぞかしお怒りでしょうねえ」

浅見は恐縮しながら言った。

「ああ、いや、ああいう突発事故があったのですからね、それは仕方のないことです。祖父には私から説明しておきますよ」

安里は快活に言ってくれた。

「安里さんはこちらに戻って来られるまで、どちらにおられたのですか？」

「あちこちにいました、東京にも大阪にも」

「お仕事は？」

「つまらん仕事です。バーテンもやったし、セールスマンもトラックの助手みたいなこともやりました。金になることなら何でもやって、コツコツ貯金をして、引き上げて来たというわけです。祖父さんもだいぶ弱ってきたし、こっちで喫茶店でもやろうかと思いましてね」

「立派ですねえ。僕なんか、親の面倒を見るどころか、いまだに兄の家に居候《いそうろう》をしているようなありさまです」

「ははは、べつに立派というほどのことはありませんよ。むしろ惨憺《さんたん》たる青春と言ったほうがいいのです。酒も煙草もやらず、もちろん遊びなんかにも縁がなかった。ただひたすら、金が欲しい金が欲しいと叫びつづけてきたような人生でした」

安里は自嘲《じちょう》ぎみに笑いながら喋《しゃべ》っている。しかし浅見は笑えなかった。安里の言うような「青春」の前には、無目的に生きてきた自分の青春なんか、恥ずかしくて語る気分にもなれない。

年齢も境遇も違うせいか、会話はまるで弾まなかった。むしろ、浅見は安里と向かいあっていることが苦痛なほど、気詰まりなものを感じていた。

それは安里も同じだったのかもしれない。コーヒーを飲み終えると、「さて」と安里は立ち上がった。

「明日《あした》、あらためて家に来てください。もし祖父の具合が悪いようなら、その時はご連絡しますので」

「ありがとうございます」

浅見は玄関まで安里を見送って、「では」とたがいに簡単な挨拶《あいさつ》を交わして別れた。

3

矢瀬君男《きみお》の死体が発見されたのは、翌日の朝八時頃のことである。車が停まっていた場所にごく近い、道路下の谷川に転落、死亡していた。

車そのものは、浅見が宿に戻ってまもない時刻に、安里からの連絡を受けた警察が、レッカー車を出して牽引《けんいん》してきた。

警察は矢瀬の家に行き、夫人の口から事情を聞いたのだが、矢瀬がどこへ行ってしまったのか、なぜ車が放置されてあったのかは、ついに分からずじまいだった。

その後もずっと矢瀬の消息が摑《つか》めなかったので、もしや——ということになり、早朝から捜索が行なわれた結果の発見である。

矢瀬の死因は、後頭部殴打による脳挫傷《のうざしょう》。凶器はバットか何か鈍器様のものと推定されたが、現場付近からはそれらしい物は発見されなかった。

死亡推定時刻は午後六時から八時頃までのあいだ――と思われた。じつは、矢瀬の死体は小川の中に沈んでいたこともあって、正確な時刻は判定できなかったのだが、矢瀬が家を出たのが六時過ぎだし、浅見と安里があいついで無人の車を発見したのが八時頃だったために、自動的にその間のいつか――という設定がなされたこともあった。それは解剖所見とも、大きく矛盾しなかった。

浅見と安里のどちらが先に現場に行ったのかは、後あとに影響する、微妙な問題をはらんでいる。どうやら浅見のほうがほんのわずか、先に車を発見していたらしい。浅見が引き返した直後に安里が現場にさしかかり、すぐに取って返して警察に届け出たというタイミングだったようだ。

事件発生からまもなく、城崎警察署内に捜査本部が設置された。隣接署と兵庫県警から総勢百人を超す応援の人員が投入されて、現場周辺の遺留物捜索と、目撃者等の聞き込み捜査が開始された。

捜査本部は最初の段階から厄介な問題を抱えることになった。浅見光彦をどう扱うかで苦慮をしいられたのである。

目下のところでは、唯一の遺留物である車の第一発見者は、すなわち事件の第一発見者と見なすべき存在であった。

古来、捜査の基本テーゼの一つに、第一発見者をまず疑え——というのがあって、いわば鉄則のようになっている。この場合、それはとりもなおさず浅見光彦であり、彼は現職の警察庁刑事局長の実弟ときている。これが厄介でなくて何であろうか。

「局長の弟さんといえども、特別扱いして、捜査の対象から外す理由はないのとちがいますか」

横尾部長刑事は、きわめて率直に意見を述べた。

「そらまあ、確かにきみの言うとおりじゃけどね」

捜査本部長でもある城崎署署長は苦渋の色を隠せない。それは青地刑事課長だって同じことだ。いや、県警本部から主任捜査官として派遣されてきている、捜査一課の河野《こうの》警部などは、着任早々、いきなりそういう難問にぶつかって当惑ぎみであった。

「とにかく、容疑の対象にするかどうかはともかく、事情聴取だけは念入りにやるよりしようがないでしょう」

河野は当たり障りのないことを言うしかなかった。

「それはすでにやってます」

青地は憮然《ぶぜん》として言った。

浅見に対する事情聴取は、型どおりに行なわれている。それに対する浅見の応対も、これといって問題はなかった。

浅見の午後六時から八時までのあいだの行動——とくに、浅見が安里の電話を受け、三木屋を出たところまでは、母親の雪江未亡人以外にも、安里や宿の女将《おかみ》、フロントなど、証言者にこと欠かない。

また、浅見が午後八時過ぎにレンタカー屋に車を返しに行ったということも、ウラが取れている。

ただし、浅見が宿を出てからレンタカー屋に現れるまでの、約四十分間についてのこと——つまり、来日の集落を通過して、矢瀬の車を発見し、引き返して来たという部分になると、浅見の説明した行動が事実であるかどうかを説明する人物はまったくいないと言ってよかった。

「早い話、浅見氏が矢瀬さんを殺害するチャンスは充分あったと考えられるのです」

横尾はそこまで露骨に言った。

「動機もないわけではありません。先日、浅見氏は矢瀬さんから借りたレンタカーで、暴走事故を起こし、あやうく死にかけたといって、矢瀬さんをかなり厳しく詰問していたという事情があります。矢瀬さんもレンタカー屋の信用に関わることだもんで、激しくやりあっておったのであります」

その「事件」のことは横尾の部下の刑事も目撃している。

幹部連中は横屋が口を開くたびに渋い顔になった。

「しかしねえ、だからといって浅見氏を被疑者扱いするわけにもいかんじゃろ」

署長は頭を抱えた。

「安里さんのほうはどうなんじゃね?」

まるで、容疑の矛先を浅見から逸《そ》らしたいと言いたげに、そう言った。

「安里氏の供述はしっかりとウラが取れています」

横尾は意地悪い口調で言った。

安里利昌は夕刻から豊岡市に行っていた。豊岡市内で喫茶店を買うかどうかという話で、不動産屋の社長と会うために出掛けていたというのである。不動産屋とは物件である喫茶店で落ち合った。三木屋の浅見に電話をかけたのは、その喫茶店からである。

不動産屋との話は、その場では纏《まと》まらなかった。一応、検討することにして別れたのだが、安里はその店の客の入り具合を見たかったので、しばらく喫茶店にいつづけることにした。

そして安里がその店を出たのが八時少し前頃。ちょうど浅見が来日の集落まで車をバックさせて、方向転換した頃であった。

不動産屋の話も、また喫茶店の人間の話も、すべて安里の供述内容を立証するものであった。

一方、矢瀬が自宅を出てから現場に行くまでの足取りのほうは、いまひとつはっきりしなかった。

矢瀬が何も言わないで出掛けたもので、夫人はてっきり、店のほうへ行くものとばかり思っていたのだそうだ。七時過ぎになって、留守番役の女店員から「お客さんがないみたいなので、帰ります」という電話連絡があって、はじめてそうではなかったことを知ったと言っている。

城崎町での聞き込み作業の、少なくとも第一日目についていえば、矢瀬に関する目撃者は皆無であった。

矢瀬はいつもは、彼の店では最高級車であるクラウンに乗っているのだが、この日はたまたまクラウンを借りるお客があったために。ホンダシティに乗って出ている。目撃者がいないのは、夜間のことだから無理もないといえるが、もし矢瀬がふだんどおりにクラウンに乗っていれば、狭い街のことだ、けっこう人目についたということはあったかもしれない。

夫人やレンタカー屋の従業員、あるいは知人等に訊《き》いた限りでは、矢瀬が殺されなければならないほど、他人の怨《うら》みを買っているとは考えられないようだ。

もっとも、こっちのほうは初日の聞き込み程度では結論が出せるものではない。誰も知らない女性関係や、商売上のトラブルがあったのかもしれない。

　現に、信用組合からの借金の返済時期が迫っていて、期限の延長を頼みに、再三、信用組合を訪れていたという事実もあるらしい。一見したところ、陽気そうで屈託などというものとは無縁のように思える矢瀬も、人知れぬ悩みを抱えていたのだ。

4

　浅見も、自分が事件の「第一発見者」であることを認めないわけにはいかなかった。まさか、それだけのことで、警察が被疑者扱いはするまいとは思うけれど、常識的に考えても、当分のあいだ、捜査の対象になるのは仕方がない。

　その点については。さすがに刑事局長の母だけあって、雪江も同じ程度、状況を把握している。いや、むしろこうなった以上、積極的に捜査に協力しないわけにはいかない――と覚悟を決めた様子であった。

「こんな事件に巻き込まれたのは、光彦にとっては自業自得だけれど、陽一郎さんにはたいへんな迷惑なことですよ。この不名誉から逃れるすべはただ一つ、あなたの手で真犯人を探し出すことです」

　事情聴取から解放された息子に、雪江は厳しい態度で宣告した。

「分かっています。速やかに事件を解明し、犯人逮捕に協力します」

浅見は畏《かしこ》まって、国会答弁のような言い方をした。

「そんなにあっさり言って、何か目当てでもあるの？」

人騒がせな次男坊を前にして、雪江は苦りきった顔をした。

「いえ、現在のところ、まるで何もありません」

「なんてことを……」

雪江は呆《あき》れて物も言えない。

「あ、だからといって心配しないでください。いまは何もありませんが、警察の調べが進めば何か出て来るはずです」

「それでは遅すぎます。警察より先にあなたが自分の潔白を証明しなさい。でないと、マスコミが嗅《か》ぎつけて、お兄さんに迷惑が及ぶではありませんか。刑事局長の弟が殺人事件の被疑者になっているなんて……おおいやだ、考えただけで寒気がしますよ」

雪江はほんとうに肩を震わせた。

逮捕こそしないが、浅見には禁足令が出されているのも同然であった。三木屋の前には刑事が二人張り込んでいる。

仕方なく部屋に閉じ籠《こ》もり、浅見はこの際とばかりにワープロに向かい、遅れている原稿に取り掛かった。土蜘蛛《つちぐも》族――天日槍《あめのひぼこ》一族の反撃がいつかあるだろうという、最後の結論めいた部分を書き終えて、旅館のファックスで原稿を送った。

折り返し、藤田から電話が入った。

「いま読んだけどさ、面白いじゃない。ついでにさ、何でもいいから『反撃』が現実に始まっている――みたいなこと書いてみてくれませんかねえ」

「小説じゃあるまいし、そんなデッチ上げは書けませんよ」

浅見は呆れ返った。

「そこをなんとか……ほら、城崎で起きている連続殺人事件みたいなの、それがそうかもしれないとかいうふうにさ、適当にアレンジして書けないかしら？」

藤田は女性的な口調で、ネチネチとしつこく迫った。

「だめだめ、だめですよ、原稿はそれでジ・エンドです」

ガチャリと、邪険に受話器を置いた。

しかし、電話を切った瞬間、浅見は得体の知れないショックを感じた。脳髄を貫く光線のようなものを見た――と思った。

土蜘蛛族の反撃――。

考えてもみなかった着想であった。無責任な藤田ならではのバカ話にはちがいないけれど、奇妙に説得力のある仮説であるような気がしないでもなかった。

荒唐《こうとう》無稽《むけい》と言ってしまえばそれまでだが、「幽霊ビル」の連続死亡事件。今度のレンタカー屋殺害事件。さらにいうなら、浅見母子を狙《ねら》った「日和山の暴走事故」にいたるまで、城崎を舞台に発生した奇怪な事件のかずかずを、天日槍一族・土蜘蛛族の、体制に対する挑戦と位置づける発想は、とにかくユニークであることだけは確かだ。

犯人が「土蜘蛛族」であるかどうかはともかくとして、それらの事件が一連のつながりを持つものであるという見方に立てば、おのずから何かが見えてきそうだ——と浅見は思ったのである。

浅見が幽霊ビルの事件に関心を示し、首を突っ込んだことに神経を尖《とが》らせたのは、なにも警察だけに限らなかったのではないか。

事件の推移をじっと窺《うかが》っている犯人にとってもまた、浅見の動きが気にならないはずはない。

だからこそ浅見母子を狙った「暴走事故」を企《たくら》んだ——と考えることもできる。

（しかし？——）と浅見は首をひねった。

あの時点では、正直なところ、浅見は幽霊ビルの事件について、ほとんど手掛かりらしきものさえ、摑《つか》んでいなかったのだ。その浅見を殺害して、口を封じる必要が、犯人側にはたしてあっただろうか。

そう思うと、折角の着想も色褪《あ》せて見えてくる。やはりあの「事故」は一連の事件とは無関係なのかもしれない。

浅見の思考はクルクルと動いた。自信がないといえば、これほど自信のない状態というのも珍しい。それは要するに、浅見自らが殺人事件の容疑対象になっている状況からきているせいかもしれない。

まったくの話、今度の殺人事件のおかげで身動きができない状態に拘束されてしまったのは、「暴走事故」にも増して、ずいぶん迷惑なトバッチリではある。

（暴走事故か――）

浅見の脳裏に、その時の恐怖に満ちた体験が思い浮かんだ。怪我もなく、あの程度のことですんだからよかったようなものの、まかり間違えれば、いまごろは日本海の藻屑《もくず》と消えていたのかもしれないのだ。そう考えるとゾーッとしてくる。

人間というのは不思議なもので、ひどい恐怖体験ですら、大した被害もなく終わった場合には、笑い話ですましてしまうような寛大なところがある。

日航《にっこう》機が大阪空港で尻餅《しりもち》事故を起こした時だって、乗客は相当な危険と恐怖にさらされたはずである。しかし幸いなことに負傷者は出なかった。だからその事件のことはすぐに人々の記憶から忘れ去られ、その事故機がその後も平然と空を飛んでいることなど、これっぽっちも気がつかなかったし、関心も抱かなかったのである。

だが、その同じ飛行機が、五百余名の乗員乗客とともに墜落するという惨事を引き起こした。もしそれが尻餅事故の事故機であると知っていたら、ただでさえ飛行機嫌いの浅見などは、絶対に利用する気にはなれなかっただろう。いや、その時の乗客の何人かだって搭乗を拒否しただろう。

尻餅事故に関して、利用客ばかりでなく日航の関係者も、運輸省の連中も、ボーイング社自体までもが「寛大」な気持ちでいたのではないのか？　それでなければ、あんないい加減な修理作業で、事故機を復帰させるという発想が湧くはずがない。むしろ、廃機処分にするとか、少なくとも貨物機に改造するとかいうのが当然の処置であったのかもしれないのだ。

（あの時、もっと真剣に事故の原因解明を行なうべきだった――）

浅見はいまさらのように、そのことを悔やんだ。ブレーキオイルのパイプ接合部分がなぜ外れたのか――。その原因をさらにつきつめてゆけば、ひょっとすると事件全体の謎そのものを解明できた可能性がある。

そう思った時、浅見はふと重大なことに気付いた。

（矢瀬は事故原因に何か思い当たるフシがあったのではないのか？――）

いままで、なぜそのことを考えてみなかったのか、これもまた、事故が無事であったことからくる「寛大」さゆえなのだろうか。それにしても、浅見にしてはずいぶん迂闊《うかつ》な話ではあった。

浅見は部屋を飛び出した。玄関で靴をつっかけるようにして履くと、そのままの勢いで道路に出た。

「あ、あんた、浅見さん、どこへ行くのですか？」

門の脇で煙草を吸っていた刑事が二人、大慌てに慌てて駆け寄った。

「警察です」

浅見は温泉街を早足に歩きながら、刑事を振り返って言った。

「警察？　何しに行くのです？」

「横尾さんに会いに行くのですよ」

二人の刑事は一瞬、度胆《どぎも》を抜かれたように足を停めて、たがいの顔を見合わせた。大股《おおまた》歩きの浅見との距離はたちまち遠ざかったが、浅見の耳に、二人が「自首か？」と囁《ささや》き交わす声は届いた。

「それやったら、パトカーで送りますよ」

一人が追い掛けてきて、浅見の腕を摑んだ。もう一人は逆に走って、パトカーへ向かって行った。

5

「まだあの事故のことを問題にしとるのですか？」

浅見の話を半分聞いた段階で、横尾はさも迷惑そうに顔をしかめた。

「まではありませんよ」

浅見はできるだけ怖そうな顔を作って、横尾に詰め寄った。

「ようやくあの事件のことの重大さに思い当たったと言うべきなのです」

「どうしてです？ 浅見さんもご母堂さんもべつに怪我はなかったのだし、当の矢瀬さんが死んじまって、文句の持って行き場所もなくなったのやから、もうええじゃないですか」

「やはりそうだったのですねえ……」

浅見は慨嘆した。思ったとおり、怪我がなかったということで、警察はことの重大さを「寛大」に見過ごしているのだ。

「横尾さんにお訊《き》きしますが、もしあの事故で、われわれ母子が怪我をするか、あるいは死亡していたとすると、あの事故の原因究明にはもっと真剣に取り組んでいたのでしょうねえ？」

「ん？ ああ、いや……まあそういうことはあったかもしれませんがね」

「なぜ、いまさらこんなことを持ち出すかというと、矢瀬さんが殺された事件の原因は、そもそもあの事故にあったのではないかと思うからです」

「？……」

「いかがですか？　それとも、矢瀬さんが殺されるような動機について、すでに何か出ているのでしょうか？」

「いや、それはまだです」

「そうでしょう、だったらあの事故のことを洗い直すべきですよ。矢瀬さんはひょっとすると、ブレーキパイプに工作を施した人物に心当たりがあったのかもしれません」

「まさか……だったら、当然、警察の調べに対してそういうことを言うでしょうが」

「そうともかぎりませんよ。その時点では思いつかなかったのかもしれませんしね。それに、矢瀬さんが警察に黙っていた理由を上げてみろと言うなら、僕はたちどころに三つぐらいは並べてみせますよ」

「ふーん、面白いですなあ、並べてみてくれませんか」

　横尾は皮肉な目を浅見に向けて、言った。

「いいでしょう。第一に、矢瀬さんが警察嫌いだった場合、第二に、犯人が矢瀬さんの身内の人間だった場合。第三に、何かほかの目的があった場合……」

「ほかの目的とは何です？」

「たとえば恐喝です。もし矢瀬さんが金に困っている事情があったとするならば、犯人を恐喝してみたいと思っても不思議ではありませんよね。どうなのですか？　矢瀬さんは借金で悩んでいたというようなことはなかったのでしょうか？」

「まあ、借金の返済期限が迫っていたことは確かですがね」

横尾はしぶしぶ言った。

「ほら、やっぱりそうでしょう」

「しかしですなあ、たとえそういう事情があった言うても、矢瀬さんが恐喝なんかを考えるほど悪い人間とは思えませんがねえ。こういう言い方はどうかと思うが、どちらか言うたら、小市民的いうのですか。恐喝するより、犯人を恐ろしいと思うタイプとちがいますか？　それが証拠に、矢瀬さんは脅した相手に殺されてしもうたやないですか」

「ほう……」

浅見は微笑を含んだ目で、横尾をマジマジと眺めだ。

「そうすると横尾さんは、車に破壊工作をした人物を、矢瀬さんが知っていて、脅迫した可能性があることは認めるわけなのですね？」

「ん？　いや、そうは言うておらんですよ」

横尾は慌てて否定したが、失言をしたことで、却《かえ》って浅見説の正しさを、自ら認める結果になった。

「まあ、かりにそういう可能性があったとしてもですな、それはあくまでも仮説にすぎないのであってです……」

「それですよ、捜査ではその仮説こそが大切なのではありませんか？」

浅見は青臭い議論を吹きかける少年のような口調で、まっすぐ横尾の目を見ながら、言った。

「矢瀬さんは、僕が借りたレンタカーに細工を施した人物を知っていた可能性がある。そしてその人物を恐喝しようとした可能性がある。その結果として殺害された可能性もあるのです。この三つは確かに仮説にすぎないかもしれないけれど、いちばんの大本にある、車の破壊工作は、現実に行なわれたのです。そのことを考えれば、三つの可能性を単なる仮説として見過ごしていいはずはありません。警察はあらためて、最初の段階に立ち戻り、車に細工を施した人物の洗い出しに努力するべきなのです」

「うーん……」

横尾は唸《うな》り声を発しながら、煩《わずらわ》しそうに瞬《まばた》きをした。

「そういうことは、浅見さんに言われるまでもなく、警察はひととおりのことはやるつもりでおります」

「そうですか、それならいいのですが…。」

浅見は言って、口を噤《つぐ》んだが、席を立つ気配を見せなかった。

「まだ何か？」

横尾は苛立《いらだ》ちをあらわにしている。浅見は「はあ」と頷《うなず》いて、おもむろに言った。

「警察には、もうすでに犯人の心当たりあるのでしょうか？」

「あるはずがないでしょう。まだ事件は発生したばかりですぞ」

「では、容疑者の目当てはついているのですか？　いや、僕が第一候補であることは分かっています。僕以外の人物ではどうでしょうか？　たとえば安里さんなんかは第二発見者として、捜査の対象になる資格があると思うのですが」

「あははは、浅見さんもけったいな人ですなあ。目下のところ、他人の心配をしている余裕はないのとちがいますか？　しかしまあ、お尋ねやから言いますがね、安里さんについても、警察はちゃんと事情聴取を行なっておりますよ。ああ、もちろん供述のウラだって取っております。その結果、安里さんはその時刻、豊岡におったいうのは、間違いないことが判明しとるのです」

「えっ？　つまりそれは、アリバイがあったということですか？」

「そのとおりです。矢瀬さんの死亡推定時刻である午後七時前後、安里さんには明確なアリバイがあります」

「ちょっと待ってください。死亡推定時刻は午後七時前後と推定したのですね？」

「ああ、ついさっき、最終的な結論が出たいうことです。厳密にいうと、午後六時半から七時半までの一時間内。それより広がることはないということですな」

「それで、安里さんはその時刻にどこにいたのですか？」

「豊岡ですよ」

「ああ、そういえばそんなことをおっしゃってましたが……」

「でしょう、それは事実です。安里さんは午後六時過ぎに豊岡の喫茶店に行き、不動産屋の社長と会い、その喫茶店を買うかどうかの話をしております。しかし、話は結論を見るに到らず、不動産屋の社長と別れたあと、安里さんだけが喫茶店で客の入り具合を見学しとった。結局、安里さんが店を出たのは七時半過ぎやったのです。もちろん、そのことは店の連中も証明してくれておりますよ。店を出る際に、安里さんが『もうこんな時間か』と大慌てに慌てて、レジで釣り銭は要らないと言って出たほどですのでね」

「なぜそんなに慌てたのですか？」

「なんでも、家に客が来るとか言っとったそうやが、安里さんに聞いたところによると、その客いうのは浅見さん、あんたじゃいうことでしたが、ちがいますか？」

「はあ、たしかに僕のことだと思います」

浅見は言って、力なく「ふうーっ」と溜《た》め息をついた。

第七章　過去から来た刺客

1

「こだわるようですが」と浅見は言った。

「安里氏の犯行を可能にするには、共犯者が一人いればいいわけですよね」

「ああ、そりゃまあ、理屈から言うとそういうことですな」

横尾は興味なさそうに、鼻の脇を掻《か》きながら言った。

「それについては、警察は調べたのでしょうか?」

「そらまあ、一応は調べましたよ」

横屋の言い方は歯切れが悪い。

「克明に……つまり、僕に対して行なったように、綿密に調べたのですか?」

「いや、そこまでは調べていませんよ。だってそうでしょう、そんなもん。可能だ可能だといえば、誰かて犯行の可能性はあることになりますからな。それをいちいち調べとったら、兵庫県警の警察官を全部動員したかて、足りんようになります」

「しかし、僕や安里さんの場合は、事件に非常に近いところにいるわけですから、特別だと思うのですが」

「だから、特別に調べたのです。何も関係のない人間を調べるわけがないでしょうが。特別であるからして、調べたのですよ。しかし、安里さんには犯行の動機もなければ、誰か親しい人物に共犯関係がありそうなニオイもしなかったということですな」

「しかし、そんなに早く断定してもいいのですかねえ？」

「いや、もちろん、何か新しい材料でも出てくればべつです。すぐに調べ直しますよ。しかし、いまのところは何もない――そういうことですな」

「材料はありますよ」

浅見は執拗《しつよう》に言った。

「例の、僕が借りたレンタカーの事故です。あの事故の原因となった、ブレーキパイプの工作ですが、あれが安里氏の仕業だったとしたら、どうですか？」

「は？……安里さんが？　ほう、浅見さんがそういうからは、何かそれなりの根拠でもあるのですか？」

「はっきりした根拠があるわけじゃないですけど、可能性はあります」

「また可能性ですか」

横尾はうんざりした顔になった。

「矢瀬さんがもし、ブレーキパイプに工作したと思われる人物に心当たりがあるとするなら、その人物を恐喝した可能性はあるし、したがって殺される可能性もあるわけです。そういう可能性の範囲にいる人物の数は、それほど多くはないと思うのです。つまり、事故の前の日の夜、車に細工することのできた人物ということですね。たとえば、その日、この城崎にいた人でなければならないし、しかも動機を持っていなければならない」

「それそれ、それですよ、動機ですよ問題なのは」

横尾部長刑事は意気込んで言った。

「いったい、その人物——まあ、仮に安里さんでもいいとしておきますか。その人物がですよ、車に細工をする動機があるならべつですがね」

「あったのでしょうね、きっと」

「ふーん……何なのです？　いたずらや、矢瀬さんのレンタカー屋を困らせるのが目的ならともかく、ほかに動機となるようなことは何もないでしょうが」

「いや、そんなことはない、ちゃんとあるのかもしれません」

「ふーん、何です、それは？」

「車に細工したことによって、もっとも被害を受ける者は誰でしょうか?」

「そんなことは……それはまあ、事故に遭遇しかかった浅見さんとお母上ということになるでしょうな」

「それですよ、犯行の動機は、僕か母を殺害することにあったのかもしれません」

「あほらしい……」

横尾は吐き出すように言った。

「なんだって浅見さん母子を殺害せなならんのです?」

「それはこれから調べなければ分かりませんが」

「第一、あの日、浅見さんがあの車に乗るかどうか、安里さんが知っとるはずがないじゃないですか。まあ、無差別に誰でもいいから殺すいうのなら話は違うが、浅見さんを狙《ねら》ったということはあり得ませんがな」

「そうとも限りませんよ。僕は車を返しに行った時、明日《あした》もこの車を借りたいと言って予約しておきました。その時、店の中に男がいたけれど、いま考えると、あの人が安里氏だったかもしれません」

「ははは……」

横尾は大口を開けて笑い出した。

「いや、浅見さん、それは絶対に違いますな」

「どうしてですか？　なぜ違うと断言できるのですか？」

「だってあんた、その時、レンタカー屋にいたのはウチの刑事なのでありますよ」

横尾は言って、また苦しそうに笑った。

「刑事？……あっ、そうか……」

浅見は思い当たった。

「なるほど、じゃあ、あの時の二人が、次の日に僕たち母子を尾行して、日和山で暴走した時、タイミングよく現れたというわけですか……」

「そういうわけですよ。いまになって見れば、ずいぶん失礼なことをしたと思いますがね、あの時は何しろ、浅見さんは幽霊ビルの事件に首を突っ込んできたりして、充分、疑うに足る重要人物でありましたからなあ」

横尾は笑いを嚙《か》み締めて、言った。

「とにかく、刑事が二人、店番をしていたみたいなものですからな、誰かが浅見さんの予約を盗み聞きしていたということは、まったくないと断言してもよろしいのです」

顔から火が出る——というのはこういうことを言うのだろう。浅見は全身の血が逆流するような屈辱を感じ、それを隠そうとして早口で言った。

「いや、その時じゃなくて、安里氏はあとでたまたま店に行って、予約の伝票を見たかもしれないし、それ以外にも知る機会はあったはずです」

「浅見さん」

横尾は憐《あわ》れむような顔で浅見を制した。

「ずいぶんいろいろ考えるもんです。まあ、浅見さんが疑われているからでしょうがね、しかし、そういうのはこじつけというものとちがいますか？　とにかく、安里さんには動機やら共犯関係やら、事件を成立させる根拠がまったくないのですからなあ」

「ですから、そういう根拠を発見すればいいと言っているのです」

「そんなもん、ありますかいな」

「ありますよ、必ずあります。現に、僕たち親子は殺されかかったのですよ。そういう事実があるのに、単に死ななかったからというだけで、見過ごしてしまっていいはずがないですよ」

「いや、そういう意味で見過ごしているわけではないですがなあ」

「だったら調べてみてくれませんか」

「何を調べろ言うんです？」

「安里氏のことをですよ。なぜ僕たち親子を殺さなければならなかったのか、そして共犯者ははたしていないのか……それを調べれば、必ず道は拓《ひら》けてきます」

「そんなもん……」

横尾はハエでも追い払うような手付きをした。

「そんなもん、どうやって調べろ言うのですか？」

「それは警察のお手のものでしょう」

「なんぼ犯罪捜査のプロいうてもですよ、何も根拠がないものをただ漠然と調べるいうわけにはいかんでしょうが。第一、浅見さんと安里さんの関係自体、何もないのとちがいますか？　どうなのですか？　何か利害関係でもあるのですか？」

「いや、ありませんよ。知り合ったのは、城崎に来てからのことですからね。だから困っているのです。動機が分からないのですよ。動機さえ分かれば、アリバイ工作なんか、なんとか解明できると思うのですが、動機がまるっきり分からない。なぜ僕たちが殺されなければならないのか、その理由が分からないのです。安里さんにしろ、ほかの誰かにしろ、僕には城崎で恨みを買うようなことをした覚えがありませんからね。ことに安里さんに関しては、いちど彼のお祖父《じい》さんに会いに行ったことがあるだけで……」

浅見はふと思い出した。

「そうそう、あの時、お祖父さんの気分を害して、叩《たた》き出されたのでした」

「ふーん、そんなことがあったのですか？」

横尾は少し興味を惹《ひ》かれたと見えて、首を突き出してきた。

「どういうことです?」

浅見は安里家を訪ねた日のことを、かいつまんで話した。

「僕がお祖父さんの気に障るようなことを言ったらしくて、それでお祖父さんを怒らせちゃったのでしょうね」

「気に障るいうのは、どういうことを言ったのです?」

「土蜘蛛《つちぐも》伝説のことを聞いたのですよ。天日槍《あめのひぼこ》というのは、土蜘蛛族のことではないかとか、そういうことです。しかし、直接怒りを買ったのは、タジマモリのことを僕が知らなかったためだったみたいですが」

「はあ、タジマモリのことをねえ……そんなことで怒ったりするもんですかなあ?」

「それはよく分かりません。虫の居所が悪かったのかもしれないし……とにかく叩き出されたのは事実ですよ」

「それがあれですか?　浅見さんを殺す動機になる言うのですか?　あほらしい」

「いや、それがそうかどうかは知りません。ただ、さっき言った共犯者ですが、安里さんのお祖父さんである可能性もないわけじゃありませんよね」

「ははは、それはないですな」

横尾は妙に自信たっぷりに笑った。

「なぜですか？」

「そしたら、私のほうから訊《き》きますが、かりに共犯者がいたとしてです、その人物はいったい、どういう役割を果たしたいうことになりますか？」

「そうですね、安里氏の豊岡でのアリバイが完璧《かんぺき》だとすると、さしずめあの車を現場まで運んで行く役割を受け持ったのでしょうね」

「そうでしょう、それやったら、あそこのじいさんは共犯者にはなれんですよ。じいさんは車を運転でけんし、第一、足が不自由で、遠くまで出歩くことさえままならんような状態ですからな」

「あ、そうでしたか……」

「ところで、浅見さんが安里さんのところのじいさんに会ったのは、いつのことなんです？」

「それは……」

言いかけて、浅見はまた「あっ……」と呟《つぶや》いた。安里家を訪ねて、老人に会ったのは日和山の暴走事故があった翌日ではないか……。

「すみません。これは僕の勘違いでした」

浅見は壁にぶつかったように、痛そうな顔になったが、すぐに気を取り直して訊いた。

「そうそう、前から不思議に思っていたのですが、安里さんのご両親はどうなったのですか？　すでに亡くなったのですか？」

「ああ。父親のほうは亡くなってますな。もうかれこれ二十年以上も前のことです。それからまもなく、母親は家を出て、安里さんはお祖父さんの手で育てられたそうですよ」

「たしか、奥さんもいないのですね？」

「おりません」

「まだ一度も結婚していないということですか？」

「そのようですな、浅見さんと同じです」

横尾は余計なことを言って、ニヤリと笑った。

「友人関係はどうなんでしょう」

「さあねえ、そこまで細かく調べたわけやないですが、城崎に戻って来たのが、つい最近やし、あまり親しい人もおらんかったのとちがいますか」

「そうそう、安里さんは東京だとか大阪だとか、あちこちを転々としていたとか聞きましたが、そういう方面での友人はいないのでしょうか？」

「そこまでは調べておらんのです」

「えっ？　じゃあ、安里さんの過去については、ほとんど何も調べていないということとですか？」

浅見は呆《あき》れた口調になった。

「そうですよ」

横尾は、弁解というよりは、むしろ反発するように、仏頂面で言った。

「だいたい浅見さん、あんたはなんだって、そないに安里さんを目のカタキみたいに言うのです？　何か恨みでもあるのですか？」

「いえ、そういうわけじゃないですよ。いってみれば勘でしょうかね」

「勘……アホらしい、勘や思いつきで、そないなことを言われたら、かないませんなあ」

「しかし、捜査の着眼点を飛躍させるのは、勘ではありませんか？　第六感というじゃないですか」

「いまどきの科学警察では、第六感なんちゅうものは、はやらんのです。そんなもんで善良な市民を疑《うたご》うたりはしません」

「それじゃ訊きますが、警察は僕には張り番までつけていながら、どうして安里氏をほっぽっておくのですか？」

「安里さんは浅見さんの場合と違って、被疑者ではありませんからね、身辺調査の必要性を認めておらんのです」

「それじゃ、すぐに調査に取りかかるべきですよ。東京や大阪での交友関係……それに、仕事は何をやっていたのか、そのことも知りたいですね」

「冗談言うてもらったら困る」

横尾は憤然として言った。

「なんぼ浅見さんでも、そういう指図をされる筋合いはないですな」

「あ、すみません、気に障ったら許してください」

浅見は頭を下げた。

「僕は熱中すると、見境がつかなくなる傾向があるのです。しかし、これは指図なんていうことではありませんよ。警察として当然やるべきことだと思うから、そう言っているのです」

「警察がやるべきことかどうかは、警察が判断してやります。素人さんが余計な口出しはせんといてくれませんか」

横尾はいっそうかたくなになった。

2

浅見は横尾の睨《にら》みつけるような目に見送られて、城崎署を出た。刑事がパトカーで送ると言ったが、「歩いて帰ります」と断った。刑事が後からつけてくるかどうか、振り返る気にもなれなかった。

惨めな敗北感にうちひしがれていた。二度にわたって、浅見はみっともない勘違いを露呈してしまったのである。横尾に「素人さん」と言われても、返す言葉がなかった。

考えてみると、安里を疑うに足る人物——と判断したのは、浅見一流の勘によるもので、状況証拠もないような頼りないものだ。

ただし、浅見にもそれなりの言い分はあった。ともかく、第一発見者の浅見が犯人でない以上、次に疑われるべきなのは、第二発見者の安里であるはずなのだ。それなのに、警察はあくまでも第一発見者の浅見を重視しているから、第二発見者への関心があまり高くない。

その点、浅見にとっての「第一発見者」は安里なのである。浅見が犯人ではないことを確信できるのは、いまのところ浅見一人だ。だから、浅見と警察の状況判断には天地の開きがある。

現実の問題として、矢瀬の車が安里家の方向へ向かって停まっていたことからみても、当然、安里利昌は疑われなければならないはずなのだ。

（そうだ、矢瀬は安里家へ行こうとしていたにちがいない——）

その点を警察はどう解釈しているのだろう？　横尾と話していながら、肝心なことを確かめるのを忘れていた。それほどまで、浅見は取り乱していたということでもある。

あの道は滅多に通る者もいない——と安里が言っていた。安里家へ行く以外、あまり利用価値のない道路だとも。だとすると、やはり矢瀬は安里家へ向かっていたのではないのか？

その矢瀬がなぜあの場所で車を停めたのか？

考えられることは一つしかない。何者か——おそらく犯人——が矢瀬の車を停め、矢瀬を殺害したということだ。

犯人は矢瀬の車に同乗していたのか、あるいは行く手を遮って、車を停めさせたのか。

対向車が来て、狭い道で譲りあいをするしないで口論になり、そのあげくに殺した——というケースはどうだろう？　いや、それは違う。矢瀬の車は道路の真ん中にあって、対向車があったという様子ではなかった。

(待てよ？——)

浅見はまたしても肝心な事実を忘れていることに気付いた。

矢瀬が自宅を出たのは、六時少し過ぎだということであった。その時刻は、浅見のところに安里が電話してきた時刻とほぼ同じである。ということは、矢瀬があの現場にさしかかったのと同じ頃には、ひょっとすると、浅見もあの場所を通りかかっている可能性があったのだ。

つまり、まかり間違うと、浅見がいまごろは冷たくなっていたのかもしれないということではないだろうか？

そう考えて、浅見はギョッとなった。

（もしかすると、殺される予定だったのは僕なのではないのか？――）

安里が浅見をおびき出しておいて、共犯者が待ち伏せし、襲った――ということは充分あり得る。ところが、そこにたまたま通りかかったのは矢瀬であった。そして、犯人は矢瀬を浅見と間違えて殺した――。

とはいうものの、安里が自分に害意を抱く理由と動機が、浅見にはどうしても思いつかない。そのことが浅見の自信をグラつかせていた。

横尾に言ったように、安里老人は浅見にいい感情を抱かなかったことは事実かもしれないが、それだけのことで殺意にまで結びつくとは考えられない。

しかも老人自身は歩きまわれるような状態ではないというのだ。かといって、老人が孫の利昌に犯行を命じるとも思えない。

どういう理由や動機かはともかく、安里が浅見に対して殺意を抱いたとするなら、安里自身の理由によるものなのだろう。

いったい、その動機とは何なのだろう？　どういう理由があると言うのだろう？

いずれにしても、浅見と安里とは城崎に来て、はじめて顔を合わせた間柄である。浅見は安里に対して、恨まれるようなことは何もしていない。もしあるとすれば、それは「土蜘蛛《つちぐも》族」にまつわる伝説や史実めいたものを探ろうとしたことぐらいなものだ。

安里家が土蜘蛛族——つまり天日槍《あめのひぼこ》族の末裔《まつえい》だとしたら、浅見のそういう詮索《せんさく》は愉快なものではなかったのかもしれない。

しかし、だからといって、そのことが殺意にまで結びつくというのは、やはりどう考えてもありそうにないことだ。

それとも、あり得ないと思うのはこっちの勝手な論理なのであって、当の土蜘蛛族にしてみれば、許しがたいことなのだろうか？

——土蜘蛛族の襲撃——

浅見の脳裏に、そのことが閃《ひらめ》いた。

出石の天沢まゆ子が言っていた「天日槍の反逆」とは、つまり土蜘蛛族の反乱とか襲撃を意味する。

いつの日にか、天日槍の生まれ変わりが来日岳に現れて、城崎を取り返す——という伝説は生きていて、天日槍の末商や信奉者たちが、ひそかに蜂起《ほうき》の時を狙っている。もしかすると、自分は不用意にも彼らの棲《す》み家《か》に足を踏み入れ、「土蜘蛛族」の逆鱗《げきりん》に触れたのかもしれない——。

浅見はそういう、ばかげた妄想に取りつかれかけている。

いや、ばかげたことであっても、実際、そういう超常現象的なことでも考えないと、自分が恨みや殺意の対象になることが説明できそうになかった。

（土蜘蛛族の襲撃か——）

城崎の町の向こうに聳《そび》える来日岳を眺めながら、浅見はなかば本気でそんなことを思っていた。

それにしても、のんびり湯治気分でやってきた城崎で、思わぬ災難が連続するものである。日和山ドライブウェイでの暴走など、いま思い出してみても恐怖の瞬間だった。あの時、いのちを失っていたとしても、決して不思議ではないのだ。

そして今度は殺人事件に巻き込まれた。警察庁刑事局長の兄がいるお陰で、なんとか自由に歩ける身分でいられるけれど、まかり間違えば殺人容疑で勾留《こうりゅう》されかねないところだ。

これらのことが単なる偶然だとは、到底、思えない。何かの悪意が浅見母子をターゲットに、襲いかかってきたような気がしてならない。このピンチを切り抜けても、さらに何かよくない出来事に遭遇しそうな予感さえしてくるのだ。

考えてみると、人間の生命なんて、はかないものである。あんなに威勢のよかった矢瀬が、いまはもう、この世にはいないのだ。浅見母子だって、すんでのところで死に損なった。

一寸《いっすん》先は闇――などと言うけれど、どこでどう死ぬか、まったく分からない。例の幽霊ビルで死んだ三人だって……。

浅見はギョッとした。

自分が災難に遭っていたために、すっかり忘れていたけれど、あのビルで死んだ三人の死はいったい何だったのだろう?――。

保険外交員の水野幹雄はべつとして、残りの松井美夫と井岡良二は、城崎に死にに来たようなものである。

もしも、浅見母子が日和山で「事故死」していれば、まさにその二人と同じような運命を辿《たど》ったことになる。

警察は三人の死をいずれも「自殺」で片づけようとしているが、はたしてそうなのか?　三人の死に因果関係はないのか?　さらには矢瀬の死や浅見母子の災難との繋《つな》がりはないのだろうか?

もし、すべての「事件」が目に見えない糸で繋がっているとすれば……。

浅見は不気味な土蜘蛛が吐き出す、妄執そのもののような粘りけのある糸を想像して、ゾーッとした。

3

三木屋に戻ると、ロビーに雪江が出ていた。しかも、テーブルを挟んでコーヒーを飲みながら談笑しているのは、なんと安里利昌であった。

「光彦、こっちへいらっしゃい、安里さんがお待ちかねですよ」

雪江は上機嫌で息子を手招いた。

「あ、いらしてたんですか。どうも、お待たせしました……ええと、僕はお約束してましたっけか？」

挨拶《あいさつ》と一緒に訊《き》くと、安里は手を横に振った。

「いえ、私が勝手にお邪魔したのです。お留守だったので、失礼しようとしたら、お母さんがお茶をご馳走《ちそう》してくださるとおっしゃるものですから」

安里は行儀よく恐縮している。そういうソツのなさには、雪江のような年配の人間はコロリと参ってしまう。

「安里さんは、ほんとうにお話のお上手な方ですよ。光彦もこちらの半分でいいから、もう少し如才なさを身につけて欲しいものだわねえ」

雪江は何かにつけて、不肖の次男坊を引き合いに出すから、浅見はたまったものではない。

「そうでしたか、すみません。母の相手をしていただいて」

「いいえ、私のほうこそ、いろいろためになるお話を聞かせていただきました」

安里の如才なさはますます快調だ。

「それで、あの、僕に何か？」

「あ、そうそう、浅見さんは祖父にお会いになりたいとおっしゃっていたでしょう。そのことで、お断りを申し上げに来たのです。祖父はあいにく、体調が思わしくないものですので」

「それはわざわざすみません」

「それでね光彦」と雪江が言った。

「こちらが玄武洞を案内してくださるとおっしゃるものだから、ぜひにとお願いしていたところですよ」

「玄武洞ですか？」

浅見は安里の真意を計りかねた。

「ええ、あれは一見の価値があると思いますので」

安里は何の底意も感じさせない表情で、頷《うなず》いた。

玄武洞というのは、円山川の対岸にある、その名のとおり、玄武岩でできた巨大な洞窟《どうくつ》である。

「一説によると、玄武洞にはむかし、土蜘蛛が住んでいたという話があるのです。浅見さんも興味があるのじゃありませんか？　もしよければ、私の車でご案内しますよ」

「はあ、それはありがたいのですが……」

浅見は緊張した。「土蜘蛛」などと、おいしそうな餌《えさ》をちらつかせたりして、安里の腹の中はさっぱり読めない。

「しかし、安里さんにそんな案内までしていただくのは、申し訳ありませんから……」

「いいんですよ。どうせ、目下失業中で、ひまを持て余しているのですから」

「あ、そうでしたね、失業していらっしゃるのでした」

「なんですね光彦、失礼ですよ、そういう言い方は。第一、あなただって失業しているみたいなものではありませんか」

雪江が叱ると、安里はのけぞるようにして笑った。

「ははは、浅見さんは立派な私立探偵のお仕事をなさっているではありませんか」

「いいえ、そんなものは、むしろないほうがよろしいのですよ」

雪江は「探偵」の話になると、とたんに渋い表情になった。

「安里さんがそうおっしゃってくださるのはありがたいのですが」と浅見は急いで話題を変えた。

「今日はもう遅いですから、玄武洞行きは明日《あした》ということにしませんか」

「あら、まだ陽は高いわよ」

雪江は不満そうだ。

「じつは、ちょっと原稿の追加があるものですから」

浅見は母親に目を瞬いて見せた。断るにはほかの理由がある——ということを知らせたつもりだ。雪江もさすがに勘がよく、浅見の意志を察知してくれた。

「それじゃしようがないわねえ、安里さん、もしお差し支えなければ、また明日、お声をかけてくださいませんか?」

「そうですか、それは残念ですが……たぶん明日も大丈夫だと思います。朝のうちにお電話させていただきますよ」

安里は最後までソツなく、爽《さわ》やかな笑顔を見せて引き上げて行った。

「いい青年だこと。あれでまだ独身なんですってねえ。ああいう立派な方が独身では、光彦にお嫁さんが来ないのも当然かもしれませんわね」

安里を見送って部屋に戻ると、雪江はしみじみした口調で言った。

「はあ、それは言えます」

浅見はその件に関しては、一切、逆らわないことにしている。

「何を言っても馬耳東風なのねえ。まったく張り合いのない子ですよ、あんたは」

雪江は慨嘆した。

「それにしても、どうして私立探偵などという、恥曝《さら》しみたいなことを人さまに吹《ふい》聴《ちょう》したりするのです？」

「は？……」

浅見は驚いた。

「あれ？　それをおっしゃったのは、お母さんじゃないのですか？」

「ばかおっしゃい。どうしてわたくしが、息子の恥を宣伝しなければならないの」

「ほんとですか？　ほんとにおっしゃらなかったのですか？」

「当たり前ですよ。だけど、それじゃ光彦、あなたも喋《しゃべ》っていないというの？」

「ええ、もちろん、僕は言いませんよ、そんなこと」

「そうですよ、そんなことですよ。それが分かっているなら、今後一切、探偵ごっこまがいのことはおやめなさい」

「はあ……それはいいのですが……」

「よくありませんよ」

「いえ、そうじゃなくてです……安里氏はそのことをどうして知ったのかな？」

「どこかでどなたかにお聞きになったのでしょうよ。きっとあなたは、あちこちで、手柄ばなしみたいに、吹聴して歩いているのでしょうから」

「そんな、とんでもありませんよ。僕は城崎に来てから、一度だって私立探偵みたいなことをやっているなんて、喋っていませんよ。警察にだって話してません」

「おや、そうなの？　それじゃきっとあれですわよ、悪事千里を走ると言うでしょう、いつのまにか、人さまの耳は入るものなのです」

「悪事はひどいです」

浅見は苦笑したが、笑っている場合ではなかった。安里が「私立探偵」のことを知るチャンスがどうしてあったのか、思い当たることがまったくない。

「それはそうと光彦、あなたさっき、どうして玄武洞行きを断ったのですか？　せっかく誘ってくださったのに」

「はあ、ちょっと気になることがあったものですから」

「気になるって、何が？」

「安里氏のことです」

「安里さんの何が気になったの？」

「まだはっきりどうと言えることではないのですが、なんといっても、安里氏は、例の、レンタカー屋のおやじさんが殺された事件の第一発見者ですからね」

「第一発見者はあなたでしょう」

「いえ、僕を除くと——という意味です。つまり、事件捜査においては、第一発見者というのは、原則としてもっとも疑うべき存在なのです」

「そんなことはあなたに教えられなくても存じています。これでもわたくしは警察庁刑事局長の母なのですから」

「はあ、すみません」

「でも、まあいいでしょう。それでどうだと言うの？　言ってごらんなさい」

「つまりですね、僕は犯人でないことがはっきりしていますから、実質的な第一発見者である安里氏は疑うに足る人物——ということになるわけです」

「ああ、いやだいやだ……」

　雪江は眉《まゆ》をしかめて、首を振った。

「そんなふうに人さまを疑うなんて、ほんと、いやな性分ですよ、あなたは」

「いえ、そんなに闇雲に疑ったりするわけではありません。僕なりにいろいろ考えた上でのことなのです」

「いろいろ考えた挙句が、安里さんを疑う結果に達したというわけ？」

「まあ、そういうことです」

「どうしてそういうことになるのです？　滅多なことは言わないものですよ。そういう、疑い深い性格では、お嫁さんどころか、お友達にだって敬遠されますわよ」

そう言われると、浅見はグウの音も出ない。確かに浅見には特定の親しい友人というのが、ごく少ないのである。

「しかし、どうもおかしいですねえ」

「またそうやって話題を逸《そ》らそうとする。あなたは卑怯《ひきょう》な性格ですよ」

「いいえ、そういうわけじゃないのです。さっきの、私立探偵の件がですね、どうしてそのことを安里氏が知っているのか、それが不思議でならないのです」

「それでは、あれでしょう。あの方が東京かどこかにいらっしゃる頃、何かの事件で光彦の名前が出たのでしょうよ、きっと」

「はあ、東京ですか……そうかもしれませんね。僕が城崎に来て、それらしいことをしたのは、例の保全投資協会の幽霊ビルの事件にクビをつっこんだ程度……」

言いながら、さらにあることに思い当たって、浅見は「あっ」と声を発した。

「なんなの？」

雪江は「はしたない」と言いたそうに、眉をひそめた。

「いいえ、いまお母さんがおっしゃったことで、ちょっと思いついたことがあるのです。

つまり、安里氏は東京時代、何をやっていたのか……ということですが」

「それはいろいろご苦労なさったというお話でしたよ。トラックの運転手やら、道路工事やら……」

「それは僕も聞きました。しかし、それ以外に何をしていたのかが問題なのです」

このところ、さっぱり輝きの失《う》せていた浅見の目が、急にいきいきと光りはじめた。

「さて、原稿を書かなければいけない。じゃあ、夕食の時間まで仕事をしますので」

浅見は威勢よく立ち上がって、雪江の疑惑に満ちた視線を尻目《しりめ》に、母親の部屋を脱出した。

4

自分の部屋に戻って、浅見は東京の警察庁に電話を入れた。刑事局長室に直通するホットラインの番号である。

「よォ、光彦か」

声の調子から判断すると、陽一郎はきわめて機嫌がよさそうだった。うるさ型の雪江未亡人と居候の光彦が何日も留守なのだから、当然といえば当然かもしれない。

「どうだ、たいへんだろう」

陽一郎は一応ねぎらいの言葉を言った。

「はあ、まあ……」

浅見は曖昧《あいまい》に答えた。母親のお守りを「たいへん」だとも言えない。

「何か用かね？」

陽一郎はいつもの硬い口調に戻って、言った。

「じつは、お願いしたいことがありまして」

「なんだ、また探偵ごっこをやっているんじゃないだろうな」

「は？」

図星を指されて、浅見はギクッとした。

「おふくろさんと光彦が行っている先だから、それなりに気にしているのだが、城崎ではこのところ殺人事件が起きているそうじゃないか。きみのことだ、例によって、警察の捜査にチョッカイを出していやしまいかと思ってね」

さすがに情報ネットワークの中心にいるだけのことはある――と浅見は感心した。

「はあ、そのとおりなんです。しかし、探偵ごっこだとか、チョッカイを出したとかいうわけではありません。むしろ、僕にかかった疑いを晴らすべく、苦慮しているところなのです」

「疑い？　何の疑いだ？　まさか殺人事件の嫌疑がかかっているわけではあるまい」

「そのまさかなんです」

「やっぱりそうか、それじゃ探偵ごっこよりタチがよくないじゃないか」

「はあ、それでお願いなのですが、ちょっと調べていただきたいことがありまして」

「なんだ？」

「例の、保全投資協会の元社員の中に、安里利昌という人物がいないかどうかということです。安里は安い里と書きます」

「ふーん、そのことと今度の事件とに、何か関係があるのか？」

「はあ、もしかするとあるかもしれないのです。じつは……」

「いや、いいよ、分かった。光彦がそう判断するのなら、関係があるのだろう。調べさせてみる。安里というのは珍しい名前だから、もしそういう人物が保全投資協会の社員の中にいたとすれば、すぐに分かるはずだ。で、頼みというのはそれだけか？」

「ええ、いまのところは、その点が問題なのです」

「いまのところは――か、ははは、まあ、なるべくお手柔らかに頼むよ」

陽一郎は笑いながら電話を切った。

浅見は電話の前に座ったまま、自分の着想が正解であることを祈りながら、ひたすら兄からの返事を待った。

安里が不用意に洩《も》らしたひと言が、浅見の着想に結びついた。

——浅見さんは私立探偵——

安里はそう言ったのだ。

もし安里が保全投資協会の残党であるなら、浅見の正体を知っていて当然だ。浅見が、保全投資協会の残党と、彼らが隠匿した膨大な金の行方に絡む殺人事件に巻き込まれて、鮮やかに事件の謎を解明したのは、つい最近のことである。

保全投資協会が金のペーパー商法で巻き上げたカネは、およそ二千億円とも、それ以上とも言われている。その十分の一——約二百億円あまりを、取り戻すことができた。

しかし、それですべての隠匿財産を発見できたというわけではない。それどころか、保全投資協会が掻《か》き集めたカネの行方は、協会幹部ですら分からない部分があるというのが実情らしい。

保全投資協会の経理は乱脈をきわめ、利殖をもくろんでありとあらゆる投資が行なわれたにもかかわらず、その実態は正確に摑《つか》んでいないといわれる。たとえば、例の幽霊ビルも保全投資協会の最盛期に咲いた、数多くのアダ花のようなものの一つだ。このビルのように所在が明らかなものは、銀行に抵当権が設定されているけれど、裏で動いたカネの投資先などは、皆目見当がつかない。

表向きは、カネのほとんどが、幹部や社員にバラ撒《ま》かれ、雲散霧消したことになっている。そうして、保全投資協会は倒産し、最高幹部の一人は殺され、もう一人は被害者の復讐《ふくしゅう》を恐れて警視庁に自首した。

それによって、保全投資協会に関する捜査は一応の終結を見たとされる。

だが、元の幹部クラスの人間ですら知らない膨大なカネの行方について、いまだに解明されないままになっている。保全投資協会の崩壊を予測した時点で、いち早く協会を離脱した連中が、財産の隠匿と保管に当たった可能性は否定できないのだ。

現に、浅見の旧友・漆原も、自首した幹部の命令で財産の隠匿を行なっていたのは事実だ。

漆原は保全投資協会の隠匿財産を各地の銀行の貸金庫に分散する役目を務めたが、最後には幹部に反逆し、浅見に財産の存在を暗示したあと、殺された。

そういう事実がある以上、それとは別口で、殺されたもう一人の幹部にも、当然、忠実な腹心がいて、財産の隠匿に当たったとしても不思議ではない。

浅見の着想はそれであった。

もし、安里利昌が保全投資協会の残党であり、幹部の命を体している人物である——ということが証明されれば、城崎で起きたこれまでのすべての事件の図式を描くことが可能だと浅見は思った。

もちろん、安里が浅見を殺害しようとする動機も自ずから明らかになる。浅見は保全投資協会の残党を滅亡においやった、いわば彼らにとっては不倶戴天《ふぐたいてん》の敵なのだ。

一時間後、陽一郎からの連絡が入った。

「安里利昌という人物は、確かに保全投資協会の社員の中にいたそうだ」

刑事局長は事務的に言った。

「ただし、保全投資協会に対する疑惑が明るみに出る前に退職して、最終的な社員名簿にはリストアップされていないのだな。それで、捜査の対象から外れていたらしい」

「やはりそうでしたか」

浅見は呻《うめ》くようにいった。

漆原が殺されたあの事件を通じて、安里は浅見光彦という人物が保全投資協会の敵であることを知っていたのは、間違いない。

ことによると、安里は浅見が城崎にやって来た目的を、最初から保全投資協会の「残党狩り」と警戒したのかもしれない。

幽霊ビルの連続「自殺事件」に興味を抱いて接近してきた「私立探偵」に、安里は憎悪と同時に恐怖を抱いたことだろう。それならば、安里が浅見を母親もろとも消そうとした動機も目的も納得できる。

　浅見ははじめて安里家を訪問した時の、安里がみせた微妙な心の動きを思い出した。あの時、安里の胸の中には、すでに浅見に対する殺意が生じていたのだろうか——。

「おい、光彦、どうした？」

　陽一郎は浅見が沈黙してしまったので、少し焦《じ》れたように言った。

「あ、すみません、ちょっと考えごとをしていたものですから」

「それで、その安里とかいう男だが、何かそっちの事件に関係があるのか？」

「はあ、城崎に、かつて保全投資協会が建てたビルがありまして、じつは去年から最近までのあいだに、そのビルで三人の男が死んだのです。いや、警察の捜査では一応、自殺と断定されているのですが」

「ふむ、なるほど、ところがきみはそうは思わない……そういうことだろう？」

「まあそうです。死んだ三人のうちの二人はかつて保全投資協会に関係した人物と目されていますし、もう一人は保険の外交員で、死ぬ少し前、安里家に行っていることが分かっています」

「それで？」

「ことに、元社員の二人は、ここに来て、ほとんどその日のうちに死んだ——殺されたと考えられるのです。その容赦ない手口から見て、何か相当な秘密が隠されていると考えていいと思います」

「つまり、隠匿財産か？」

「そうです。おそらく安里は、幹部に託された隠匿財産を守っているのでしょう」

「なるほど……いや、それはあり得るな。君の友人の漆原の場合は、例の自首してきた幹部の命令で、東京方面の金庫番を務めていたそうだが、大阪で殺された幹部が握っていたはずの財産のほうは、殆《ほとん》どが消えたままになっているのだ」

「やはりそうですか。安里はもう一人の金庫番だったのですね」

「すると、隠匿財産は？」

「たぶん、あの幽霊ビルの中にあると思います」

浅見は確信を込めて、言った。

「証拠は？」

陽一郎は冷徹な口調で訊《き》いた。

「証拠は……ありません」

「なんだ、確信がありそうな口振りだったわりにはやけにあっさり言うじゃないか」

「はあ、確信はありますが、安里の『犯罪』を立証する手段は、まだ見つかっていないのです。現在の安里は、少なくとも外見的には、保全投資協会時代の暗い過去を引きずりながら、但馬の奥でひっそりと暮らす、祖父思いの善良で如才ない一市氏――

という顔なのです」

「なるほど、それでは手が出せないな。たとえ安里が保全投資協会の残党であろうと、それだけではどうすることもできない。警察も、何か理由をつければ、重要参考人として、きびしい事情聴取ぐらいはできるだろうが、逮捕や家宅捜索にまで踏み込めはしまい」

「はあ、そのとおりだと思います。それに、そんなことで、簡単に尻尾《しっぽ》を摑まれるような安里でもないでしょう」

「ふーん、手強《てごわ》い相手なのか」

「もし僕の推理が当たっているとすれば、彼は保全投資協会の金庫番を任されたほどの人物ですから、ひと筋縄ではいきません。現に、幽霊ビルの事件の際にも、現場には死んだ連中の指紋や足跡しか残っていなかったそうです」

「まあそうだろうな……だとすると、手の打ちようがないっていうことか？」

「そうは思いません。安里といえども神様じゃありませんからね。いくら完璧《かんぺき》を期して実行された犯罪でも、どこかに欠陥はあるはずです」

浅見が気張った言い方をしたので、陽一郎は低く笑った。

「きみも神様じゃないぞ」

「はあ」

「自信を持つのもいいが、やり過ぎないようにしてくれよ」

最後は父親のように、諭す口調で言った。

第八章　玄武洞の対決

1

浅見が「どこかに欠陥が」と言ったのは、それなりの考えがあってのことだ。どれほど狡猾《こうかつ》で奸智《かんち》に長《た》けた犯人でも、それこそ神様でない以上、どこかでミスを犯すか、あるいは予測しなかった事態に出くわすにちがいない――というのが、浅見の持論なのである。

たとえば、矢瀬の事件などは、ひょっとするとその典型かもしれない。安里家の方角へ向かっていた矢瀬の車を停め、矢瀬を殴り殺し、死体を川の中に放り込んだ――というやり口には、計画的な完全犯罪どころか、まるで暴力団の仕業のように乱暴な印象がある。

矢瀬の出現は、犯人の予測しなかったことではないだろうか？

安里が浅見を呼び出しておいて、共犯者が待ち伏せし襲う手筈《てはず》だった——とすれば、説明はつく。要するに、矢瀬は間違えられて殺されたことになる。

ただし、それが完全犯罪をも目論《もくろ》んだ犯行にしては、かなり不自然だ。安里が浅見を呼び出したという事実は、旅館の交換手も、浅見の母親も知っているわけで、もし浅見が殺されでもしようものなら、まず最初に安里が共犯関係を疑われても仕方がないからだ。そんな危ない橋を渡るような安里とは思えない。よほど、共犯者——殺害の実行者——が、捜査の手が届きそうもない安全な人物でないかぎり、安里はそんな手段は取らないだろう。

浅見に矢瀬殺害の嫌疑をかぶせる——という、いわば一石二鳥の犯行だったことも、強引ではあるけれども、考えられないわけではない。しかし、タイミングがいかにも微妙で、かなりのリスクを伴う。もし、矢瀬を殺している最中に、浅見が現場にさしかかったとしたら、犯人はどうするつもりだったろう？——という疑問が残る。

そう考えてくると、やはり矢瀬を殺害したのは、偶発的な犯行だというニュアンスが強い。

ただ、安里がどこか別の場所で矢瀬を殺害し、車だけを共犯者が現場に運んだ——という可能性はある。その後、死亡推定時刻から大幅に時間が経過してから、安里が死体を捨てに行く——という犯行である。車があの現場にあったことによって、その時刻、豊岡の喫茶店にいた安里のアリバイが証明されているのだ。

とどのつまり、残された問題は安里の共犯者の存在であった。おそらく保全投資協会時代の仲間と考えられるが、その人物の存在を引きずり出さなければ、安里の犯行は立証できない。

横尾の話によると、警察は安里の交友関係について、一応は調べているらしい。浅見に対しては、あまり安里を重視していないような、とぼけたことを言っていたけれど、警察が安里を見過ごしてしまうとは考えられない。その結果、共犯関係になるような人物はもちろん、親しく付き合っている友人もいないと判断したのだろう。

城崎は狭い町である。安里の交友関係ぐらい、容易に突き止められそうだ。その上での警察の判断に大きな誤りがあるとは考えにくい。

しかし、矢瀬を殺害したのが安里だとすれば、共犯者が存在しなければ、犯行は成立しないはずだ。

その共犯者が見えてこない。もっとも、簡単に見えてしまうようでは、共犯者の資格があるとは言えないわけだ。

浅見はかぶりを振って、思考の視点を変えてみることにした。

犯人が安里であるかどうかはともかく、いまの時点ではっきりしているのは、矢瀬が殺された理由である。

矢瀬は、浅見母子を狙って車のブレーキに細工をした人物を知っていて、恐喝しようとしたために殺されたものと考えられる。それ以外にはない——と浅見は断じた。

それにしても、その「人物」はいったい、どうやって浅見母子の翌日の予定を知り得たかが分からない。

横尾部長刑事が確信をもって言ったように、あの時、矢瀬の店には刑事が張り込んでいたのだから、浅見が翌日もレンタカーを借りて、しかも日和山をドライブするなどということは、誰も知らないはずである。

（いや一人だけいる——）

浅見はレンタカー屋の従業員を思った。あまり美人とはいえないが、いかにも陽気そうな、ポッチャリした顔の女性であった。その女性は翌日の車のスケジュールは知っているはずだ。彼女なら、浅見が予約するのを聞いていただろうし、伝票を見ていても不思議はない。

浅見は矢瀬のレンタカー屋へ行ってみた。主人が殺されるという事件があったにもかかわらず、店は開いていた。

女性は店の入口のところにぼんやりと立って、こっちを見ていた。黒いワンピースを着ているのは、喪服の意味だろうか。

「やあ、どうも」

浅見が手を上げると、女性は反射的に商売用の笑顔を浮かべて、お辞儀をした。

「このたびはどうも……」

浅見は形ばかりの悔やみを述べた。

「はあ、どうも……」

女性は戸惑った顔で、礼を返している。

「今日、お通夜ですか？」

「ええ、そうです。でも、予約のお客さんがあるので、店を休むわけにいかなくて……」

「なるほど」

浅見は店を見回すようにして、訊《き》いた。

「このお店はどうなるのですか？」

とたんに、女性は涙ぐんだ。

「社長が亡くなってしまったのですから、店も終《しま》いやと思います。これから先、どうすればいいのか、困ってしもうて……」

「そうですか、それは……」

浅見は言葉もなかった。彼女が気の毒――と思うよりも、彼女が「犯人」ではない――と判断したことにショックを覚えた。

「僕がおたくの車を借りた時のことですが」と浅見は言った。

「一日目に借りた車を返しに来て、次の日も予約しましたよね」

「はあ」

「その時、刑事さんが二人、ここにいたでしょう」

「はあ、いました」

女性はいくぶん恐縮したような顔になった。その様子から察すると、どうやら彼女も、浅見が警察に張られていたことを知っているらしい。

「それ以外には、あなたと矢瀬さんしかいませんでしたよね？」

「はあ、そうですけど」

女性は（何のことか？――）という目をこっちに向けた。

浅見は思いきって、安里さんを知っていますか？」

「あなたは、安里さんを知っていますか？」

「安里さん？……さあ、どなたさんですか？」

女性は首をかしげた。

これもまた、浅見にはショックだった。女性の表情からは、彼女が嘘をついていたり、とぼけているという様子は見られなかった。

浅見は諦《あきら》めて、その足で矢瀬の家を訪ねた。女性が言っていたように、今日、矢瀬家では通夜があるらしい。すでに花輪やら幕やらが準備されていて、浅見と入れちがいに、手に数珠《じゅず》を持った、悔やみの客が帰って行った。

しかし、まだ時間が早いせいか、それとも、ああいう不慮の死であったせいか、矢瀬家は閑散としていた。浅見が玄関で声をかけても、しばらくは応じる者もなかった。三度目の声に、「はい」と答えて、矢瀬の妻が出てきた。目は泣き腫《は》らして、それを隠す化粧をしていた気配が感じられた。

矢瀬夫人は浅見の顔を憶《おぼ》えていた。

「先日は失礼しました。このたびはどうも、たいへんなことで……」

浅見はなるべく夫人の顔を見ないように、頭を深く下げた。泣いた顔を見ると、何も訊けなくなりそうだった。

「つかぬことをお訊きしますが、安里さんという人をご存じですか？」

ぶつけるように言ってから、チラッと夫人の顔を見た。

「安里さん、ですか？　いえ、知りません。警察の人も、そういう名前を言ってましたけど……」

夫人も怪訝《けげん》そうに言った。店の女性と似たような顔をしている。

「天日槍《あめのひぼこ》の信者なんですが」

「はあ……」

そう聞いても、特別な反応を示さない。

「天日槍、ご存じでしょう？」

「ええ、それは知ってますけど」

「ご主人は天日槍の集まりには、出ていたのではありませんか？」

「さあ、よく分かりません。もともと、天日槍さんを信じているのは主人のほうで、私はああいうのはあまり好きでないのです」

「そうなのですか……」

浅見はまた失望した。

「ご主人は、亡くなられた夜、どこへ行くとか、そういうことはおっしゃってなかったのですか？」

「はあ、それも警察に訊かれましたけど、どこへ行くとも言わんかったのです」

「あの道を少し行った先に、安里さんのお宅があるのですがねえ、そういう名前を聞いた記憶はありませんか？」

「はあ、ありません」

どうやら、安里と矢瀬家のあいだに親交があったということはなさそうだ。

浅見は落胆を抱えて、三木屋への道をトボトボと帰った。

考えてみると、矢瀬が安里の犯行だと知って恐喝をかけていたとしても、あの晩、ノコノコと安里の家に出掛けていくような、無謀なことをするはずがないのだ。未遂に終わったとはいえ、相手はブレーキに工作を施して、浅見を殺害しようとした凶悪犯である。

（何か間違っている――）

浅見はせっかく膨らんでいた自信も確信も、空気の抜ける風船のように、急速にしぼんでいくのを感じた。

安里が犯人かどうかも、共犯者は誰でどこにいるのかも分からない状態で、安里に誘い出されることには、一抹の不安が伴う。

「玄武洞か……」

安里が玄武洞に誘ったのは、浅見親子にサービスしようなどという、殊勝な発想によるものでないことだけは確かだ――と浅見は思う。雪江は無邪気に喜んでいるが、安里にどういう狙いがあるにもせよ、危険な誘惑であることは間違いない。

それにしても、玄武洞に連れ出して、安里はいったい何をしようというのだろう？

幽霊ビルで死んだ三人、日和山の暴走、矢瀬の死――と、それぞれの犯行は情け容赦なく、しかも俊敏に実行に移されている。それがすべて安里の犯行だとすれば、きわめて危険な相手と思わなければならなかった。

「明日《あした》も誘ってくださるのかしらねえ」

夕食の席で、雪江はしきりにそのことを言っている。なんだか、安里の悪口を言いにくいような雰囲気であった。

「じつはですね、お母さん」と浅見はしかし切り出した。

「あの安里氏ですが、調べてみたら、なんと驚いたことに、例の保全投資協会の元社員だったのですよ」

「あら、そうなの」

雪江はあまり驚いた様子ではなかった。

「それで失業中だったのね。そういう意味では、あの方も被害者の一人というわけねえ。気の毒ですこと」

「あの、そういう次元の問題ではなくてですね、安里氏は危険な人物ではないかと言っているのです」

「どうしてなの？　保全投資協会は確かに悪い会社でしたよ。だからといって、勤めていた社員すべてが悪い人たちだったわけじゃないでしょうに。あなたのお友達の漆原さんだって、保全投資協会の社員だったではありませんか。そういう偏見で人さまを見るのはおやめなさい。だいたい、探偵根性を出して、無闇に他人の過去を調べたりするのは下司《げす》の勘繰りというものですよ」

かえって息子のほうが悪人であるかのように言う。

（やれやれ、日頃は口やかましいくせに、根はお人好《よ》しなんだから――）

この分だと、明日は、安里に誘われたら、ホイホイ乗ってしまいそうな気配だった。

こうなったら、思い切って、安里の誘いに乗ってみるか――という気もしてくる。

虎穴《こけつ》に入らずんば虎子を得ず――である。玄武洞に入って、事件の謎が解明できれば、多少の危険を冒しても構わない。

とはいえ、安里一人ぐらいなら、なんとかなるが、ほかに何人もの共犯者があるとなると、浅見の手には負えそうにない。

しかし、玄武洞は観光名所である。いくらなんでも、土産物の店が並んでいたり、観光客がゾロゾロ通るような場所で犯行に及ぶようなことがあるとも思えなかった。

要するに第三者の目のあるところなら安全と考えていい。そして、複数の得体の知れない男どもを警戒していれば、そうそう危険な目に遭わなくてもすむだろう。

浅見はあれこれ状況を予測して、それなりに対策を講じてみた。

（なんとかいける――）

結論的にはそう思った。要するに、テキのテリトリーの中に踏み込みさえしなければいいのだ。土蜘蛛《つちぐも》が糸を張りめぐらしている場所に近づかなければ、それほどの危険はない。なんといっても、日本は世界に冠たる法治国家なのである。

あった。

2

翌朝、安里から雪江宛《あ》てに電話が入った。十時頃にお迎えに参上するということであった。

「玄武洞を見たら、城崎ももういいわねえ。明日は東京へ帰りましょう」

隣の部屋から電話してきて、雪江は浮き浮きした口調で言った。

「そうしましょう」

浅見も少しばかり東京が恋しくなってきていた。はじめから日程を決めない旅だったし、事件に巻き込まれて、思わぬ足止めを食ったかたちでもあったけれど、そのお陰でずいぶんのんびりできた。

(今日、何もかも決着がつく。いや、つけてみせる——)

約束の時間が近づくにしたがって、緊張感が五体に漲《みなぎ》ってきた。浅見にしては、珍しく焦燥感にとらわれていた。安里がどういう出方をしてくるのか、まだまったく読めない状態で決着をつけようというのは、いかにも強引すぎるのだが、浅見はそれを無視した。

ちょうど十時に、安里はやって来た。

「狭い車ですが」と謙遜《けんそん》したが、安里の車はコロナで、言うほど悪くはなく、掃除も行き届いている。資料を満載して物置同然になっている浅見のソアラより、よほどきれいだ。

玄武洞は城崎の市街地を南に出はずれたところで、円山川を渡り、対岸沿いにさらに南へ下がって、城崎町から豊岡市へと、境界線をわずかに越えたところにある。麓《ふもと》に大きな観光センターと土産物店のような建物がある。そこの駐車場に車を置いて、かなり急な石段を登った。

この付近は造山活動の活発な時代に成立した丘陵である。その山の中腹に、玄武洞のみごとな柱状節理の断崖《だんがい》があり、そこにポッカリ口を開けた巨大な洞窟《どうくつ》がある。洞窟の最大のものを「玄武洞」と名付け、隣に「青龍洞《せいりゅうどう》」というのが偉容を誇る。

「すごいわねえ！」

玄武洞を見上げて、雪江は嘆声を発した。たしかに壮観といってよかった。風化で柱状節理の岩が砕かれ、落下するので、洞窟の少し手前に柵《さく》があって、それから先には近づけないが、それでも迫力充分。浅見もしばし雑念を忘れて眺め入った。

観光客も多く、この分なら「土蜘蛛」の襲撃もどうやら心配なさそうだ。

安里は浅見母子に対して、こまごまと気を遣った。玄武洞までの車の中でも、如才なく話しかけ、まったくソツのない男だ。

ことに雪江には親切で、石段や山道などでは、足元が危ないですよとか、ゆっくり歩きましょうかとか、そういう歯のうくようなお世辞の言えない浅見には、薄気味が悪いくらい優しい。

「いいお母さんですねえ」

雪江が一人で、少し離れた場所にある、何やら史跡の説明を書いた看板の前に行った隙に、安里はしみじみした口調で言った。

そういう言葉を聞いているかぎりでは、安里が凶悪な犯罪者であるとは思えない。

(騙《だま》されてたまるか――)

浅見は心の中で肩肘《かたひじ》を張った。

「浅見さん母子を見ていると、ほんとに羨《うらや》ましいですよ」

「ははは、見ると聞くとは大違いと言いますが、実体はそんな、羨ましがられるような代物じゃありませんよ」

「そうですかねえ。私なんか、こういう親子関係を知らないせいか、羨望《せんぼう》しか感じませんが」

安里の言い方には、実感が籠《こ》もっていた。

浅見はその手の話に弱い。このまま、安里の「人情ばなし」に付き合っていると、彼の舌先の魔術に、戦意をはぐらかされそうな危険を感じた。

「あっちへ行ってみませんか」

浅見は言い、返事を待たずに歩きだした。安里は雪江のほうを見返りながら、ついて来た。

「なかなか立派な洞窟ですね」

浅見は振り返ったついでに、言った。

「あれなら土蜘蛛が住んでいても不思議ではないですよねえ」

天日槍《あめのひぼこ》の信奉者が聞いたら、間違いなく気分を害すにちがいない。

「この洞窟の奥に、じっと潜んで、復讐《ふくしゅう》の時を待っていたのかもしれないなあ」

「いや、いまでも待っているのかもしれませんよ」

安里は相変わらず、柔らかい表情を崩さずに応じた。

「もっとも、玄武洞の中にいるとはかぎりませんがね」

「なるほど、幽霊ビルに潜んでいるのかもしれないというわけですか」

「ははは、そういえば、あそこでは人が何人も死んでいるのです」

「それも、殺されたのでしょう？」

「ほう……」

安里は片頬に笑みを浮かべ、片頬を引き締めて、浅見を見つめて訊《き》いた。

「あれは殺人なのですか？」

「でしょうね。警察は騙されているみたいだけれど、あんなところまで、わざわざ死にに来る者はいませんよ」

「しかし、現に死んでいます」

「だから、あれは殺されたのです」

「証明できるのですか」

「もちろん」

「どうやって？」

「犯人に聞きます」

「………」

安里はしばらく黙って、それから笑いだした。

「おかしなことを言う人ですね。警察でも自殺だと言っているのに」

「あれは土蜘蛛に殺されたと、僕は思っているのですよ。じっと潜んでいて、罠《わな》に近づいた獲物を毒針のひと刺しで殺した」

二人は話しながら展望のきく位置に歩いて行った。ここからは、円山川越しに、正面に来日岳、その右手のほうに城崎の市街地が一望できて、なかなかの景観だ。

「あそこに見えるのが幽霊ビルですよ」

安里は指差した。三階建の瀟洒《しょうしゃ》なビルが、水量の豊かな円山川の流れに映っている。

「あれが浅見さんが言うような、土蜘蛛《つちぐも》の巣だとは思えませんが」

「僕はそう信じていますよ。土蜘蛛は大事なものを隠していて、それを狙う者が来ると、殺すのです」

「大事なものとは？」

「おカネかな？　それとも、貴金属でしょうか？　何にしても、何十億か何百億か……」

「ほう、それはすごい……何なのですか、それは？」

「保全投資協会の隠匿財産でしょう」

「そんなものが、あそこにあるのですか？」

「あるのでしょうね」

「どういうところから、そんな発想が生まれたのですか？　何か情報でも入ったのですか？　それとも、ただの山勘ですか？」

「人が殺されましたからね、それも三人……いや、四人もです」

「四人？……」

「ええ、矢瀬さんもです」

「ほうっ、レンタカー屋の矢瀬さんも同じ犯人に殺されたのですか？」

思いもよらぬことのように、安里は言っている。ほんとうに知らないのか——と、疑いたくなるほどだ。

「もし、それが事実だとしたら、警察に話したらいかがですか？」

と安里は言った。

「いや、警察は乗ってきませんよ、そういう面白い話には」

「ははは、そうでしょうねえ、あまりにも突拍子がなさすぎます」

「しかし、僕は信じています」

浅見は断固として言った。安里はしばらく沈黙してから言った。

「今日のドライブは、そういう話をするのが目的ではないですよ」

「では、どういう目的があるのですか？」

「えっ？……」

安里は浅見の突き刺すような言い方に、はじめて不快感を見せた。

「もちろん、あなたのお母さんに玄武洞を見せてさしあげたかったからですよ」

「ほんとうに？」

「ほんとうですよ。昨日、三木屋でお母さんと話していたら、せっかく城崎に来たというのに、あなたは一人で飛び回ってばかりいて、どこへも連れて行ってくれないということでした。だから私でよければと言ったのです。あなたがもう少し親孝行をしていれば、私なんかがシャシャリ出る幕はなかったのですよ」

浅見は思わぬ逆襲にあって、たじろいだ。浅見にとってもっとも痛いところを衝《つ》かれたわけである。しかし、負けているわけにはいかない。

「どうですかね」

浅見は強引に反撃した。

「どうですかねって……それじゃ、浅見さんは何が目的なのですか？」

「安里さんに真実を訊くことです」

「真実を？……」

「そうですよ、ほんとうは何があったのかを聞かせてもらって、連続殺人事件の犯人を捕まえることが目的です」

「ほう……犯人とは、いったい誰のことですか？」

「あなたですよ、安里さん」

「私が？……」

二人は向き合った。浅見はほんの心持ち、身構える姿勢を取ったが、安里は驚くほど自然な立ち姿であった。一瞬、びっくりしたように目を見開いたが、すぐに笑いだした。

「私が犯人？　まさか……だって、矢瀬さんが死んだ時には、私は豊岡にいたのですよ。警察に行って聞いてみてください。喫茶店の売買交渉に行っていたことを証明してくれるはずですから」

「それは聞きました。しかし、共犯者がいれば、アリバイづくりなど簡単です」

「なるほど、共犯者ですか。それで、共犯者がいると、どういう犯行が可能なのでしょうか？」

「つまり、殺人の実行者と現場に車を置きに行った人物とが、別人であればいいということです。かりに死亡時刻を午後七時として説明すると、安里さんは豊岡の喫茶店にいたから、一見、犯行は無理なように思える。しかし、豊岡の喫茶店の近くに矢瀬さんがいれば、ちょっと店を出て殺害して、すぐに店に戻って来ることは可能です。たとえば、矢瀬さんを睡眠薬で眠らせて、さっきのコロナのトランクにでも入れておけば、いつでも都合のいい時刻に殺すことができるわけですよね。その場合のいい時刻というのは、要するに、共犯者が死体発見現場に矢瀬さんの車を停めた時刻です」

「しかし、車を停めたかどうか、分からないじゃないですか」

「それは、共犯者から電話をもらえばいいでしょう。もっとも、現場から電話のある場所まで、かなりの距離であるから、多少のズレは生じるでしょうけど、その程度は鑑識の誤差の範囲ということで片づけられてしまうものです」

「なるほど……そうしておいて、時間が経過して、アリバイが完全に成立しそうな時刻を見計らって、私が死体を川に投げ捨てたというわけですね？」

「そのとおりです」

安里がまるで他人事《ひとごと》のように言うのが、浅見には腹立たしかった。

（それにしても、なんという鉄面皮な男なのだろう――）と、虫酸《むしず》が走る。

「だとすると、私はいったい、どこで矢瀬さんを殺害したことになるのでしょうか？」

「もちろん、豊岡の喫茶店の近くでしょう。たぶん車を停めておける場所だ」

「そんな場所がありますかね。いや、もちろん車は駐車場に停めておきましたが、あそこは人目があるし、人殺しには向いていないと思いますが」

浅見は不安になった。安里の落ち着きぶりは信じられないほどだ。

（何か、間違っているのだろうか？――）

自信がグラついた。

そういう気持ちが表情に現れるのだろう、安里は面白そうに浅見を眺めて言った。

「浅見さんはよほど自分の推理に自信があるらしいけれど、根本的なところで無理があると思いますよ」

「根本的なところ？」

「そう、あの現場に車を置いた人物が、私にどうやって知らせたかという点を、どう説明しますか？」

「それはもちろん、電話で知らせたのでしょう」

「どこから？」

「付近の集落の公衆電話でしょう」

「どこにありますか？　そんなものが」

「…………」

「来日の集落には、都会にあるような公衆電話なんか、どこにもありませんよ」

「…………」

「もちろん、反対の方角――つまり私の家に行っても電話はありません」

「…………」

「かりに現場から走って、来日の集落を通過して、城崎の街中まで行って電話したとしても……いや、それでは少し時間がかかりすぎますけど、かりにそうしたら、ということです。その場合、来日の集落で誰かに会わないという保証はありませんよね。そうでしょう？　それでは、アリバイ工作なんか成立しないことになりはしませんか？」

「…………」

浅見は愕然《がくぜん》とした。もしも来日の集落に公衆電話がないとすると、確かに安里の言うとおりであった。

ひょっとして、幸運にも来日で誰にも見咎《みとが》められずに、最寄りの公衆電話まで辿《たど》りつける可能性もないわけではない。しかし、絶対でない以上、完全犯罪の条件にはならないのだ。

「一つの方法として、犯人が来日の集落の人間であれば簡単ですが、それでは、彼に疑いが向けられてしまいますから、完全犯罪どころではありませんよね」

安里は勝ち誇ったように言った。

3

「いや、方法はあります」

浅見は苦しそうに言った。

「共犯者が複数なら可能です。車をもう一台用意すればいいのですから」

「なるほど、現場に矢瀬さんの車を乗り捨てたあと、もう一台の車で走り去る――ということですか。すると共犯者は私を含めて、少なくとも三人ということになりますか……それなら確かに可能ですねえ。もっともそういう共犯者がいればのことだが……」

安里は首を横に振った。

「しかし、それじゃ、完全犯罪にも何にもなりはしない。誰が考えたって、三人もの共犯者がいれば、ああいう犯行は可能だし、トリックも何も必要ないですからね。なにも、私が矢瀬さんを殺さなくたって、ほかの二人で殺せば、私に疑いがかかる心配はまったくないじゃないですか。なぜあんな面倒なことをしなければならないのか、理由も目的もありはしないでしょう」

「目的は、僕を犯人に仕立てあげることだったのでしょう」

「浅見さんを？　どうして？」

「僕を第一発見者にして、あなたのアリバイ工作の証人にするのと同時に、殺人の容疑者にするつもりだったのですよ」

「なぜです？　なぜそんなことをしなければならないのです？」

「復讐《ふくしゅう》です」

「復讐？」

「僕がかつて、保全投資協会の隠匿財産を暴き、保全投資協会の残党を壊滅させたことに対する恨みを晴らすためでしょう」

「ははは……」

安里は高らかに笑いながら、鋭い目で浅見を睨《にら》んだ。

「やっぱりそうだったか、あんたが城崎に来た目的はそれだったのか」

「いや、城崎に来るまでは、僕は安里さんのことなど、知りませんでしたよ」

「しかし、例の幽霊ビルは知っていたのじゃないの？　保全投資協会の隠匿財産があそこにもあると思って、それで接近したのじゃないの？」

安里の言葉つきは変わり、表情には憎悪の色が浮かんでいた。

「残念ながら、僕はそんなことも知らずに、単におふくろのお供で城崎に来たのですよ。だから、あのビルで人が死んだ、それも三人も変死したと聞いて、驚きました」

「どうだか……」

安里は冷笑した。

「信じるかどうかは安里さんの勝手ですが、事実はそうなのです。もちろん安里さんの存在も知らなかったし、たぶんああいう、ブレーキを壊され、日和山で死に損なうような事件でもなければ、そして、矢瀬さんが殺されるようなことがなければ、永久に安里さんのことに気づかなかったでしょうね」

安里は眉《まゆ》をひそめた。取り返しのつかない失敗をした、という不安感がその眉の辺りに漂った——のだと浅見は思った。

「僕が次の日もあの車を借りることを、安里さんはどうして知ったのか、それは分かりません。そのことはしかし、本質的な問題ではないからいいでしょう。いずれにしても、安里さんはその夜、あの車のブレーキパイプに細工をして、僕たち親子を殺そうとしたのです」

浅見は断定的に言って、しばらく待ったが、安里は反論をする気配を見せなかった。

「矢瀬さんはあとになって、そのことに思い当たった。いまも言ったように、どういう根拠があるのか知りませんが、安里さん以外にああいう細工をする人物はいないことが分かったのでしょう。そうして、安里さんを脅しにかかった。その挙句が、ああいう悲劇になったのです。そうじゃありませんか？」

浅見は反撃が完全に成功したと思った。安里が沈黙したのは、こっちの推論を認めざるを得ないためなのだ——。

だが、安里はふたたび笑った。

「残念ながらあんたの言うことは、肝心な部分に欠点があるね。警察は幽霊ビルの変死はすべて自殺と見なしている。私には関係ないことだが、車に細工したかどうかだって、いまとなっては証明のしようがないだろう。これで、矢瀬さんの事件について解明ができなければ、あんたの推理はすべて言葉の遊びでしかないことになる」

安里は少し間を取って、言葉を続けた。

「もう一度はっきり言うが、矢瀬さんの事件に私は無関係だよ。このことは事実だから、あんたがどういう推理をしようと、たとえ警察で拷問されようと、私は平気だね」

安里の言葉は自信に満ちあふれていた。

逆に浅見は自信を喪失した。

（やられた——）と思った。そう思いながら、浅見は模索を続けていた。何か、どこかに突破口はないのか——。何か見落としていることはないのか——。

その時、浅見はふと母親のことが気になった。考えてみると、もう、ずいぶん長く安里と喋《しゃべ》っている。

（こんなに長いこと、いったい何を見物しているのだろう？——）

雪江の姿を求めて、振り返った。

玄武洞の前は相変わらず賑《にぎ》わっていたが、その中に雪江の姿が見当たらなかった。

「どこへ行ったのかな？」

浅見は呟《つぶや》いて、広場のほうへ急いだ。安里はのんびりした足取りでついて来る。

広場を隈《くま》なく探したが、雪江はいなかった。観光客のほとんどは中年から老年の団体ばかりで、雪江と似たような年代だ。

「もしかすると、紛れ込んで行ってしまったのかな？」

浅見は不安になった。本人がいくら若いつもりでも、雪江は正真正銘の「老女」である。長い石段を登って、気分でも悪くなったのかもしれない。

浅見は安里を置き去りにして、石段を下り、駐車場までいっさんに走った。雪江はそこにいた。安里のコロナの脇につくねんと立っていた。

「お母さん……」

浅見は息を切らせて呼んだ。気息を整えて、文句のひとつでも言うつもりだったが、その前に雪江が叱った。

「遅いわねえ、いったい何をしていたのですか？　すっかり待ちくたびれましたよ。鍵《かぎ》があれば勝手に運転して行ってしまおうかと思ったところです」

「そんな強がりを言って、運転なんかできないくせに」

浅見は小さな声で呟いたのだが、雪江は聞き咎《とが》めた。

「おや、何も知らないのね、あなたは。できますよ、運転ぐらい。若い頃、あなたのお祖父《じい》様の車を運転したことがあるのです。ちゃんとバックもできましたよ。もっとも、あれは戦前の話ですけどね」

「あははは……」

気分が滅入《めい》っていた浅見は、何はともあれ雪江の無事な顔を見て、ほっと安心して、笑いが出た。

（ん？……）

笑いの中で、浅見はパッと閃《ひらめ》くものを感じた。雪江が言った「バックもできます」という言葉が脳のスクリーンにクローズアップされた。

「そうですか、バックもできるのですか。ははは、やっぱり、持つべきものは母なりけりですねえ」

雪江は何のことか？——と睨んだが、浅見は顔中がしわになるほど、笑いたかった。その笑顔で振り返り、安里を迎えた。

凱旋《がいせん》将軍のように、胸を反らせ、悠然と歩いてきた安里は、浅見のその様子に、怪訝《けげん》そうに首をかしげていた。

浅見との気まずい「対決」はあったものの、安里は浅見母子をちゃんと三木屋まで送ってくれた。

「お元気で、いい旅になりますよう」

安里は別れの言葉もスマートだった。そういう安里の好意に、雪江は何の疑いもなく、感謝の言葉を何度も繰り返していた。

「ほんと、いまどき珍しい、よくできた人ねえ」

安里の後ろ姿を見送って、溜《た》め息をついている。

「昨日は、お母さんのほうから安里さんに、玄武洞に行きたいとおっしゃったのだそうですね？」

浅見は雪江に訊《き》いた。

「そうですよ、うちの息子は一人で遊び回ってばかりいて、大事な親をどこへも連れて行ってくれないって、愚痴をこぼしたのです。そうしたら、安里さんが気の毒がって、連れて行ってくださるとおっしゃるから、玄武洞というのを見てみたいってお願いしたのです」

「そうでしたか」

浅見はがっかりした。そうしてみると、安里にはよからぬ目的はなかったらしい。かえって、自分のほうが妙な邪推をしたということか。

午後、雪江は最後の日とあって、もう一度、外湯めぐりに出掛けた。

「あんまり長湯をして、湯に当たらないようにしてくださいよ」

浅見は母親を玄関まで送ると、ロビーの奥の椅子に座って、池の鯉《こい》をぼんやり眺めた。

考えれば考えるほど、安里がアリバイ工作を否定したのに対して、何も反撃できなかったことが情けなく、悔しかった。こんなふうに完膚なきまで叩《たた》きのめされたのは、浅見の記憶にはない。

（待てよ――）

絶望的な状況の中で、浅見はふと思った。

（安里のアリバイは、ほんとうに完璧《かんぺき》なのだろうか？――）

そのことを浅見自身の目や耳で確かめていないことに気がついた。

次の瞬間、浅見は立ち上がった。池の鯉が驚いてパシャッと水音を立てて、散った。

4

豊岡の市の花はコスモスだそうである。人口は約四万五千。古くから荘園として開けた兵庫県北部地方の中核都市だが、そのわりに開発や整備が遅れている印象があった。

あまり高いビルもなく、街は雑駁《ざっぱく》な感じだ。駅前あたりは再開発が進んでいるけれど、市の中心がどこなのか、ピントがはっきりしない街であった。

カバンを作る工場や店が多い。かつて、豊岡は円山川周辺に育つ柳を使った「柳《やなぎ》行李《ごうり》」が特産だったそうだ。その技術がいまでも生きていて、国内ではトップクラスのカバンの生産地なのである。

警察で聞いた『ココット』という喫茶店は、繁華街のはずれ近い一角にあった。活気のない店だ。浅見が入ってゆくと、ウェートレスがつまらなそうな声で「いら

「っしゃい」と言った。

テーブルは全部で七脚。カウンターにも座れるようになっている。浅見はなるべく端のほうのテーブルを選んで、座った。

もっとも、ほかに客はアベックがひと組いるだけだった。

注文を取りに来たウェートレスに、「安里さん、知っていますか？」と訊いてみた。

「ああ、この店を買うかもしれんとかいう、あの人でしょう？」

ぶっきらぼうな返事だ。

「そうそう、その安里さんだけど、六日の夜、ここに来ていたって？」

「ええ……」

ウェートレスは眉《まゆ》をひそめて、頷《うなず》いた。

「お客さん、警察のひとですか？」

「いや、違うよ」

浅見は苦笑した。

「そうじゃないけど、ちょっと知りたいことがあってね」

「はあ、何ですか？」

「その晩、六時から八時頃まで、安里さんはずっとここにいたのかどうか」

「それやったら、ずっといてはりましたよ。警察にそう言ったけど、トイレへ行くぐらいで、あとはずっとあそこに座ってはりました」

　隣のテーブルの椅子を示した。

「八時少し前まで、だったかな？」

「そうですよ、間違いないです」

「トイレはあそこだね？」

　浅見はトイレに行って、トイレから外へ抜けるドアがないことを確かめた。ほかに出入口は、調理場から裏へ抜け出るドアがあるだけだ。

　あまり美味《うま》くもないコーヒーを飲んで、浅見は店の外に出た。近くに車を置いておけるような場所は見当たらない。どこの地方都市も、街の中心部は過密で、駐車場を確保するのに、苦労している。

　なにげなく眺めた先に「レンタカー」の看板が出ていた。

（そういえば――）と浅見は思い出した。

　あの時、矢瀬はエンストを起こしたホンダシティの代わりに、豊岡からファミリアを運んでもらっていたっけ――。

　ファミリアを人のよさそうな初老の女性が運転してきて、「これでいいのかいの？」と笑いかけた情景が思い浮かんだ。

（そうだ、もう一人知っている人物がいた――）

浅見はふと気がついた。

浅見母子が次の日に日和山へドライブに行くことを、あの女性も知っていたのではないか？

そう思うと同時に、浅見はレンタカー屋の看板の名前が、矢瀬の店と違うことに気付いた。

「豊岡《とよおか》スカイレンタカー」

浅見は声に出して、読んだ。なんのことはない、あのファミリアは矢瀬の店の支店から調達したものとばかり思っていたのだが、どうやら別会社から融通してもらったものらしい。

だとすると、あの店の伝票にも、車の利用客「浅見光彦」という人物についてのデータが記載されたはずだ。

（あのおばさんか？――）

まさか、彼女が車に細工するとは考えられなかった。

浅見は喫茶店にとって返した。よほど勢いよかったのだろう、女店員がびっくりした目をこっちに向けた。

「ちょっと訊きますが、安里さんはあそこのレンタカー屋とも知り合いですかね？」

「ああ、そこの？　ようは知らんけど、知り合いだと思いますよ。この店が売りに出ていることも、レンタカー屋さんから聞いたとか言うてました」

「そう、どうもありがとう」

浅見は心臓がはげしく鼓動するのを感じた。店を出て、しばらくレンタカー屋の看板を眺めていた。直接、あのおばさんに安里のことを訊《き》くのが、もっとも手っ取り早いが、それは具合が悪い——と浅見は判断した。

彼女が伝票を見たとしても不思議はないが、浅見のデータをなぜ安里が知り得たのか——。よその会社の伝票を勝手に見るというのは、ずいぶん異常な行動だ。

そのことを思えば、安里があの店ときわめて親しい関係にあることが想像できる。

その親しさはどこからきているのか？

浅見の頭の中には、一つの空想が生まれた。その空想はたちまち頭いっぱいに膨らんだ。

（まさか——）

浅見は空想を否定してみた。いったんしぼんだ空想は、ふたたび勢力を盛り返してくる。

浅見は十分ばかりその場に立ちつくしていた。それから踵《きびす》を返すと、駅前まで走り、タクシーに乗って「城崎警察へ」と怒鳴った。

今度は横尾部長刑事ではなく、直接、青地刑事課長に会った。ことは秘密を要する。

たとえ警察内部であっても、洩《も》れてはならないことだ。

青地は最初、浅見の提言に半信半疑だったが、それでも、自分の直属のスタッフだけを使って調べてくれた。

結果は存外、早くに出た。

翌日の朝、東京への帰り支度を始めている浅見の部屋に、青地からの電話が入った。

「浅見さんが言われたとおりでしたよ。これから任意で連行するとともに、一応、逮捕状を用意しておくようにします」

「そうですか……ただ、あくまでも安里氏には知られないように、なるべくなら、捜査員にも内緒で隠密裡《おんみつり》にことを運んでください」

「分かってますよ。これから先はわれわれの出番です」

浅見は自分の考えが的中したことを喜ぶより、そういう「破局」が訪れたことを悲しむ気分が先行した。

出立は十時ということにして、浅見は「ちょっと出て来ます」と雪江を置いて三木屋を出た。

三木屋の近くには、横尾ともう一人、屈強の刑事が乗ったパトカーが待機していた。

浅見はその二人を伴って安里家を訪れた。ほかにもう一台、四人の刑事が乗った車が、来日の集落で合流した。

安里家から少し離れたところで車を停め、浅見たち三人だけが安里家に向かった。

浅見が「ごめんください」と声をかけた。ドアが開いた時、安里は晴々とした顔をしていたが、浅見の背後に二人の刑事の顔を見たとたん、眉根を寄せた。

「昨日はありがとうございました」

浅見は爽《さわ》やかな声で言った。

「まもなく東京に引き上げますので、お礼を言いに来ました」

「はあ、それはまあ、ご丁寧な……」

安里はこわばった笑顔を見せた。

「しかし、刑事さんが一緒に来るというのは、なんだか妙ですねえ」

「ああ、刑事さんは偶然、一緒になったのです。パトカーに乗せてもらって来ました。安里さんのお祖父《じい》さんに用があるそうです」

「ふーん、祖父にねえ、何ですか？」

安里の顔に警戒と不安の色が浮かんだ。

「あの日のことを聞きたいのだそうです。ほら、矢瀬さんが殺された日のことですよ」

「ん？……その日の何を聞きたいのかな？」

「中富加代子《なかとみかよこ》さんとどういうことを話したのか、それを聞きたいのだそうです」

「…………」

安里はかすかによろめいた。

「ついでに、矢瀬さんが来た時に、どういう歓迎をしたのか、それも話してくれるとありがたいのでしょうね」

浅見は刑事を振り返って、「それじゃ」とドアの正面から退いて、道を譲った。二人の刑事は浅見の脇を前進しようとした。

「ちょっと、待った、待ってくれ、祖父は体の具合が悪いのです」

声をひそめて、刑事の行く手を遮った。

「それでは医者を呼びましょうかね」

横尾が言って、部下に合図した。

「いや、ちょっと、とにかくちょっと待ってくれませんか」

安里は必死の形相になった。

「祖父を巻き込むことはやめてください。祖父は何も知らないのだから」

刑事は行きかけた足を停めた。

「それじゃ、あんたから事情を話してくれますか?」

横尾が訊いた。

「話します」

安里は頷《うなず》いて、家の外に出て来た。二人の刑事はいくぶん身構えるようなポーズになって、安里の前に立った。浅見は刑事から一歩下がった位置にいた。

安里はしばらく黙って、それから低く笑い出した。

「もう、私が喋《しゃべ》るまでもないのじゃないですか。浅見さん、すでにあんたが何もかも調べ上げたのでしょう？」

口許《くちもと》は笑っているが、鋭い目が浅見を睨《にら》んだ。

「ええ、一応はね」

浅見は気の毒そうに言った。

「それというのも、昨日、安里さんに玄武洞に連れて行ってもらったお陰ですよ」

「私のお陰？……それはどういう意味かな」

「いや、安里さんのお陰というより、おふくろのお陰というべきなのですが、それにしても、そういうチャンスを与えてくれたのは、やはり安里さんですからね」

「お母さんが？……」

「ええ、おふくろがいいヒントをくれましてね。あの大正生まれのおふくろにも、車の運転ができて、しかもバックもできると自慢したのです。それでいっぺんに謎が解けましたよ」

安里はなんともいえない、複雑な想いの籠《こ》もる目で、浅見をじっと見てから、スッと視線を外して、しみじみと言った。

「そうでしたか……いいお母さんを持って、浅見さんは幸せですね」

「ありがとうございます、よく伝えておきます。しかし、安里さんのお母さんだって、一所懸命に生きていらっしゃったのじゃありませんか」

「…………」

「結果が不幸だったからって、それはお母さんの責任ではない。運命みたいなものだったと思いますよ」

「あんたは勝利者だから、そんなことが言えるんだ」

「それを言われると、僕は辛《つら》くなります。もうやめましょう。これ以上はおたがい、傷つくばかりです」

二人の刑事にとっては、まるで禅問答のような会話だったにちがいない。しかし、浅見と安里のあいだでは、これで意味が通じている。浅見は刑事に目で合図をした。

「安里さん、一応、署まで来てもらいたいのですが、いいですね？」

横尾部長刑事が、引導を渡すような、陰気くさい声で言った。

「分かりました、では支度をしてきます」

「いや、そのままの服装で構いませんよ。もし中に入るのなら、われわれも一緒に入らなければなりませんが」

安里はムッとした顔を横尾に向けたが、諦《あきら》めて刑事に従った。

もう一台の車の四人がやって来て、安里を前後左右から包むようにして連行した。
五、六歩行きかけて、安里は振り返って、「浅見さん」と呼んだ。
浅見は安里に駆け寄った。

安里はにこやかな表情で言い出した。

「私はね、はじめ、母親のために働いたのですよ。母親をしあわせにしてやりたかった。そのうちに、世の矛盾に腹を立てて、新しい世界を作ろうと考えた。天日槍《あめのひぼこ》伝説を実現しようと思った……それだけです」

クルリと背を向けて、刑事を急《せ》かせるようにして歩いて行った。

「何がなんだか、さっぱり分かりません」

パトカーに乗ってから、横尾は悲鳴のように甲高い声で言った。

「いまの、天日槍だとか言っていたのは、あれは何です？　中富なんとかいう女は、あれは何のことですか？」

「ああ、中富加代子さんは、豊岡でレンタカー屋を経営している安里さんの実の母親ですよ」

「母親？　安里に母親がいたのですか？」

「そりゃ、誰だって母親はいますよ。ただ、安里さんの場合、お父さんが早く亡くなったあと、お母さんは家を出て、再婚したらしいのですね。現在はだから、中富姓を名乗って、豊岡に住んでいます」

「ふーん、なるほどねえ、そうだったのですか……しかし、その母親がどうしたって言うんですか？」

「矢瀬さんを殺したのは、その母親だったのですよ。いや、ひょっとすると、お祖父さんも共犯なのかもしれませんが、いずれにしても、矢瀬さんを殺害し、車で死体を運び、あの現場に遺棄したのは、安里さんの母親――つまり、中富加代子さんです」

「えっ？　ほんとうですか？」

「たぶん間違いないと思いますよ。その証拠に、あの冷静な安里さんがあんなに狼狽《ろうばい》したじゃありませんか」

「しかし、どうして？……」

「矢瀬さんは、僕たち母子を事故に見せ掛けて殺そうとしたのが、中富加代子さんだということを見破ったのですね。いや、あの事件には僕もすっかり騙《だま》されました。あいう工作をやってのけるのは、男性だと頭から決めてかかっていましたからね。女性でもできる、しかも若くなくてもできる――ということが盲点でした。それで、矢瀬さんは中富加代子さんを恐喝しようとした……」

「ちょっと待ってくれませんか」

横尾は両掌《てのひら》を浅見の目の前に向けて広げ、話をストップさせた。

「中富加代子はなんだってまた、浅見さんとお母さんを殺そうとしたのです？」

「息子さんのためですよ」

「息子？……というと、安里のことですか？」

「そうです、安里さんのことです。加代子さんは、矢瀬さんの店でファミリアを借りた人物が浅見光彦という男であることを知り、僕が安里さんを捕まえにやってきた探偵だと思い込んだのでしょう」

「捕まえに？……そりゃまた、どうしてですか？」

「話せば長くなりますが、僕は東京で起きた保全投資協会の事件を解決した張本人だからです。いや、張本人というのは妙な言い方ですが、彼らの側から見れば、憎みてもあまりあるヤツだったでしょうからね」

「うーん……」

横尾は唸《うな》った。浅見の説明を聞くと、ますますこんがらがってくる――とでも言いたげだ。

「とにかく、そういうわけで、中富加代子さんは、次の日に僕が借りることになっていたファミリアのブレーキに細工をしたのです。たぶん、日和山から余部へドライブに出掛けることを聞いていたのでしょう。あの坂道を走るのなら、ブレーキの故障は致命的になるはずですからね。幸か不幸か、事故は起きなかった。そして、事故の原因だけが分かった。矢瀬さんは中富加代子さんの仕業だと悟って、加代子さんを恐喝したのです。ところが、加代子さんには安里さんという頼もしい息子がいた。そのことは矢瀬さんは知らなかったのでしょうね。安里さんは矢瀬さんを、口実を作って自宅に呼び寄せた。安里さんのお祖父《じい》さんが来て欲しいと言っている——とでも言ったのかもしれません。安里さんのお祖父さんは、知る人ぞ知る、天日槍さんの信奉者の大元締みたいな人ですからね。天日槍を信仰する矢瀬さんとしては、行かざるを得なかったのでしょう。ところが、そこには中富加代子さんがいて、矢瀬さんの油断をみすまして、殴殺してしまったのです」

浅見のたんたんとした話しぶりに、横尾は唖然《あぜん》と口を開けている。

「加代子さんは矢瀬さんの死体を矢瀬さんの車に乗せて、あの現場まで走り、死体を遺棄したのです。その際、加代子さんは安里家の前から現場まで、車をバックで走らせたのですね。これで、警察も僕も、矢瀬さんが安里家の方角へ向かう途中、襲われ、殺されたと思い込んでしまったのです」

横尾は、「うーん」と唸り、何か反論の余地はないか、模索した。

「なるほど、そういうことですか……しかし、ほんとにそんなにあっさり殺しちまうものですかなあ？……」

「それは、子を思う親心というものではないでしょうか。青地警部の話によると、加代子さんは安里さんが子供の頃に、ある男を慕って家を出たのだそうです。お祖父さんは再婚を認めず、安里さんを加代子さんに渡すことを拒んだのですね。それで、結果的には安里さんを捨てるかたちになった。そのことが加代子さんにとっては、生涯、忘れることのできない重荷だったのでしょうねえ。なんとかして息子を守りたい一心だったのでしょう。もし、浅見なにがしが安里さんを捕まえることにでもなると、死刑は免れないと思ったにちがいありませんよ。何しろ、例の幽霊ビルでは、すでに三人もの被害者が出ているのですからね」

「えっ？　じゃあ、あの三人も安里が殺したというんですか？」

「いや、そこまでは断言できませんけれどね」

浅見は苦笑した。

「こういったことは警察が調べるでしょうから、僕は憶測でしか言えませんが、まず、保険の外交をやっていた水野さん、この人は、仕事熱心なあまり、見込み客のプライバシーを深く突っ込み過ぎるきらいがあったのでしょう。たとえば、安里さんの過去のことや、幽霊ビルの秘密を嗅《か》ぎつけた可能性は充分、考えられますよね」

「幽霊ビルの秘密とは何のことです？」

「これも憶測ですが、保全投資協会の隠匿資金の一部が、あのビルのどこかに眠っているのではないかと思います。安里さんは、それを守る番人だったのかもしれない。保全投資協会が瓦解《がかい》して、あのビルはいずれ他人の管理下に置かれることになるので、その前になんとか、資金を別の場所に移したかったはずです。水野さんは偶然、そのことを知ったのでしょうね。どうして知ったのかは分かりませんが、とにかく秘密を知ったために殺されたのは間違いないと思います。殺したのは安里さんか、母親との共同犯行か、あるいは別の人物なのか、そのへんのことは警察で調べてください」

「そりゃまあ、調べますが……」

横尾は驚くばかりだ。

「しかし、その別の人物というのは、いったい何者ですか？」

「幽霊ビルで死んだ二番目の男……ええと、松井なんとかという人がいましたね」

「ああ、松井美夫ですか」

「そうですそうです。その松井か、それとも最近死んだ井岡某かもしれません」

「しかし、水野も松井も、ともに自殺と認定されていますが？」

「そんなもの、どうにでも偽装できるはずですよ。三人目の井岡も含めて、警察は状況から判断して、早々に自殺と断定してしまったのじゃありませんか？　たとえば、ヤスリで鍵《かぎ》を壊して入り込む——という手口などを、判断の根拠にしたりしてです」

「それは確かにそのとおりですがね」

「ヤスリで壊したのは犯行の際だとはかぎらないでしょう。安里さんは、実際には鍵を使って出入りしていたのだと思いますよ。ヤスリを使ったのは、自殺を偽装するためと、鍵を持った人物がいることを悟られないためだったはずです」

「しかし、三人目の井岡の時はヤスリを使っていませんが？」

「三度も同じことをするのはバカですよ。それに、最後の井岡でおしまい――という意味もあるのかもしれません。幽霊ビルの秘密を知っている残党は、ほかにいないのではないでしょうか。そして、井岡にすべての疑惑を押しつけてしまう――それが狙いだったような気がします」

「うーん――」

横尾は、それ以上は追及する言葉も見つからない。

「いや、僕だって、事実関係を調べたわけじゃないのですから、本当のところは知りませんよ。ただ、いろいろな出来事を眺めていると、そういうことがあったのじゃないかなあと、勝手な空想が浮かんできただけです」

浅見はそれだけ話すと、もう事件のことを考える気がしなくなった。あと三十分ばかりで城崎をあとにする。うまい潮時だ――という、そのことだけがせめてもの救いのような事件だった。

安里利昌はやはり天日槍《あめのひぼこ》の末裔《まつえい》なのかもしれない。事実はどうでも、思想はそうだったような気がする。来日岳の麓《ふもと》で、巨額の資金を抱いて、いつか雄飛する日の来ることを信じ、夢見ていたのだろうか――。

エピローグ

列車は城崎の街をすぐに出はずれた。天気は薄曇り。円山川は満々と水を湛《たた》えて、まるで湖水のように流れていた。

「光彦、あれ、幽霊ビルじゃないの？」

雪江が窓の外に指を向けて、娘のように若やいだ声で言った。

「ええ、そうみたいですね」

「あの事件はどうなったのかしらねえ」

「ああ、そういえばどうなったのでしょうか」

幽霊ビルの瀟洒《しょうしゃ》な姿は、たちまち車窓の視野から消えた。

「こんどばかりは、あなたも名探偵ぶりを発揮できなかったわね」

雪江は気持ちよさそうに笑った。

「はあ、しかし、さっき刑事さんに聞いた感じでは、犯人の目処《めど》がついたようなことを言ってましたよ」

「あら、ほんと？　それは立派ですこと。やはりあれね、陽一郎さんの教育というのかしら、そういうものがものを言っているのでしょうかしらねえ」

「それもあるでしょうけど、今回の事件が解決したのは、お母さんのお陰だという気がしますよ」

「わたくしの？……どういう意味なの、それは？」

「つまりですね、賢い母を持った息子は幸せだということです」

「なあに、それ？　褒めているの？　それとも皮肉？」

「もちろん褒め、かつ感謝しているに決まってますよ」

「そう言われれば気分はいいけれど……でもあれですよ、どんなに血筋がいいからといっても、安心してはだめよ光彦。人間はつねに努力を忘れてはいけません。陽一郎さんをご覧なさい、ああいうエリートでありながら、日毎、勉強と精進を忘れないでしょう。そういう人がトップにいるから、日本の警察は世界に冠たるものがあるのです。こんな田舎の小さな警察でさえ、難しい事件をみごと解決してしまう。それも陽一郎さんの薫陶よろしきを得ているからですよ」

「はあ……」

「あなたも、もう少し勉強すれば、警察庁刑事局長の弟として恥ずかしくない、立派な探偵さんになれるかもしれなくてよ」

「はあ、頑張ります」

「そう、素直でよろしい。そういう心掛けでいれば、今度の事件なんかでも、多少は警察のお役に立てたことでしょうけれどねえ、ほんと、いいチャンスだったのに、残念なことですよ」

列車は豊岡を過ぎた。

左手の川筋のはるかかなたに、出石の森や山が望める。

浅見は出石焼の店の娘を思っていた。不思議な蠱惑《こわく》的な雰囲気の漂う娘だった。出石焼の白磁の肌を想わせる、白い顔の、たおやかな娘であった。

ことによると、あの娘こそ天日槍の末裔なのかもしれない。

もういちど、いつか会えるような気がしないでもなかった。せめて、そういう希望的予感を抱いて帰りたかった。

大枚三十万円也《なり》をはたいて買った、白磁の花瓶は、もう東京に届いているだろうか。その花瓶を見るたびに、浅見はきっと、出石の町とあの娘のことを思い出すにちがいない。

自作解説

好きな作品というのと「力作」とは、必ずしも一致しないものである。それほど力を入れた覚えのない作品で、むしろ、どちらかといえば小品に属すような作品でも、気に入っているものがいくつかある。たとえば本書などがそれだ。

『城崎殺人事件』はなんといってもプロローグが出色だったかもしれない。去って行く母親に向かって、少年が「いつか……」と、言葉にならない約束を誓ういじらしさ、哀れさが全編を貫いて生きている。

『城崎殺人事件』は長篇小説としては四十三番目の作品にあたる。平成元年の二月にトクマ・ノベルズとして刊行されたが、作品そのものは昭和六十三年に「問題小説」に連載されたものである。その昭和六十三年は僕の多作の年で十二冊も本にした。『佐用姫伝説殺人事件』『天河伝説殺人事件』『隠岐伝説殺人事件』などの伝説シリーズ、『恐山殺人事件』『日光殺人事件』『鞆《とも》の浦《うら》殺人事件』『志摩半島殺人事件』『津軽殺人事件』『江田島殺人事件』『追分殺人事件』などのトラベルミステリーにも傾注している。

『城崎殺人事件』はトラベルミステリーと伝説を組み合わせた、僕の得意のパターンだったと思う。浅見光彦と雪江未亡人の「フルムーン旅行」という、ごく軽いタッチで書き始めたものだが、書いているうちに、少し重いテーマに変質していった。

作品のテーマを決める際、その出版社によって意識的あるいは無意識のうちに、一定のカラーのようなものがあることに気がつく。たとえば「角川書店」の場合には『戸隠伝説――』『天河伝説――』『隠岐伝説――』『高千穂伝説――』等々、伝説シリーズが圧倒的に多い。「講談社」は『「横山大観」殺人事件』『風葬の城』『江田島――』『箱庭』など社会派的なもの。「光文社」はご存じ「地名プラス殺人事件」シリーズ――といった具合だ。

徳間書店はどうかというと、わりと気楽に書いた作品が多い。初期の『「萩原朔太郎」の亡霊』『夏泊《なつどまり》殺人岬』は別格として『「信濃の国」――』『「首の女《ひと》」――』『美濃路――』『北国街道――』『鞆の浦――』『隅田川――』『御堂筋――』『「紅藍《くれない》の女《ひと》」――』『「紫の女」――』『「須磨明石《すまあかし》」――』『歌わない笛』そして本書など、いずれも力投型とはいいがたく、どちらかといえば肩の凝らない作品ばかりである。とくに『鞆の浦』と『紫』には軽井沢のセンセが登場して、正統派ミステリーファンの顰蹙《ひんしゅく》をかっている。

なぜそうなるのかは、作者自身、あまりよく分かっていない。出版社の社風もしくはカラーに染まる——などといえば、社長から文句が出そうだし、編集者のせいにすれば、かの「猛女」松岡妙子女史（元徳間書店編集者）に殴られかねない。

しかし、正直なところ、その二つの要素が働いていることは否めない事実だと思う。どういうわけか、徳間書店・松岡女史の仕事となると、僕は気楽な気分で書けた。手を抜くというのでなく、自分も楽しみながら執筆できたような気がするのだ。それがよいことだとは、むろん思ってはいない。創作はすべからく真剣に、眉根《まゆね》に皺《しわ》を寄せて苦しみ悶《もだ》えながら書くべきなのかもしれない。作品が後世に残ることを思えば、なおのこと、そうあるべきなのだろう。

ただ、「後世に残る」という意識は、少なくとも初期から中期にかけて、僕にはあまりなかったことも事実だ。面白いことを、面白がって書き、面白がって読んでもらう——それが僕の創作エネルギーをかき立てる原動力であった。そういう意味では、江戸時代の戯作《げさく》者と似たところがあるのかもしれない。いや、売文家、三文文士の誹《そし》りを受けてもやむをえない。

もう何度も言ったり書いたりしていることだが、僕はプロット、筋立てをあらかじめ用意しないで書く。思いついたままをワープロに打ち込んでいく創作手法である。だから、ストーリーが頭の中にフツフツと湧いてくるのを、そのまま原稿にする。だから、ストーリーが途中からどこへ行くか、分からない。あらかじめ決まっているのは、取材先とその地方の風土や歴史など、動かすことのできない事実だけである。そうして、旅先で出会った出来事や知識をもとに、物語をどんどん進めてゆく。

『城崎殺人事件』は、そうやって書かれた典型的な作品の一つといっていい。

「どこか温泉へ行って、おいしいものを食べましょうよ」と言い出したのは、もちろん松岡女史である。そうやって誘い出せば、意地汚い僕がヒョコヒョコ乗ってくるだろう――という読みだ。そしてそのとおりになる僕も情けない。

それはともかく、城崎温泉は取材先としては出色であった。背景に志賀直哉の『城の崎にて』のあることも、また有力な理由づけになる。余談だが、東京近辺の若い人の中には城崎を伊豆半島の「城ケ崎《じょうがさき》」と勘違いしているムキもあるらしい。城崎は兵庫県北部にあって、歴史も由緒もある温泉場だ。ただ、難をいえば、いかにも遠い。その当時は山陰線でコトコト揺られてゆくしかなかった。いまは中国道から分岐して舞鶴まで行く高速道路もあるし、ずいぶん便利になった。

その山陰線の車窓から、円山川のゆったりした流れを眺めていると、視界を遮る無粋なビルがあった。背は低いが、まだ新しい瀟洒《しょうしゃ》な建物である。なのに、周囲に鉄条網を張り巡らし、人っ子一人いる気配もない。まるで琵琶湖《びわこ》の畔《ほとり》に建っていた幽霊ビル（『琵琶湖周航殺人歌』参照）そっくりだった。そのビルが妙に気になって、翌日、出石へ皿そばを食べに行く途中、わざわざ車を降りて、子細に検分した。それが後に、ストーリーの重要な材料になった。

出石と書いて「いずし」と読むことも、本書では浅見の体験としているが、僕自身この旅ではじめて知った。作品で紹介したとおりの、情緒のある静かな城下町だ。この陶芸の店で、浅見が分不相応にも、三十万円もする壺《つぼ》を買う。

これはじつは僕自身のことなのだが、小説で書くと、浅見が買うことにも、それなりに説得力を与えることができた。

ところが、テレビのドラマ化の話がきて、台本を読むと、時間の関係から、短くはしょっているので、どうしても説明不足になり、浅見風情が買うには高価すぎるような印象を与える。

そこで、脚本家に頼んで、浅見は買わずに、未練を残したまま東京へ帰る——というふうに変更してもらった。

いまにして思うと、やはり浅見はあの壺を買うべきではなかった。そんな具合に勇み足が発生するのも、気楽に書いている功罪の罪のほうである。

それでは、功罪の功のほうにはどんなものがあるのかと訊《き》かれると、具体的に示すのに苦労する。気楽に書くことの長所は、なんといってもスピードだろう。

松岡女史と仕事をするときは、他社のどこよりも脱稿が早い。ただし、これは乱作を意味することでもあるので、あまり褒められたものではない。

もう一つ挙げていいのは、リズム感である。ストーリーの展開にも、文章にもリズム感があって、たぶん読み易さを醸成しているはずだ。いい意味でのスピード感も生まれる。勢いといってもいい。思いつき、行き当たりばったり、その場凌《しの》ぎ——と、あまり美しくない表現になるけれど、それらは、読者が浅見と一緒に、あれよあれよというまに空想世界に入り込む効果を生む。

プロットなしの創作——とその点ばかりを強調しているけれど、実際は、上梓《じょうし》するにあたっては推敲《すいこう》を重ねている。

たとえば、この作品のプロローグは、後でくっつけたものだ。これと同様、『鐘』でもプロローグを脱稿後に書き、それにつれて内容の大幅変更を余儀なくされている。プロローグばかりでなく、脱稿後はもちろん、連載終了後に何百枚もの推敲を行うことは珍しくない。良心的というと聞こえがいいが、その辺りが天才に成りきれなかった作家の悲しさということになるのだろう。

一九九五年九月

著　者

本作品は一九九二年六月に徳間文庫として刊行されたものの新装版です。

本作品はフィクションであり、作中に登場する個人、団体などはすべて架空のものです。舞台となった土地、建造物、市町村名などは一九八八年執筆当時のものに基づいており、実際と相違する点があることをご了承ください。

徳間文庫

城崎《きのさき》殺人《さつじん》事件《じけん》

〈新装版〉

2018年1月15日 初刷

著者 内田康夫《うちだやすお》

発行者 平野健一

発行所 株式会社徳間書店

東京都港区芝大門二―二―二〒105―8055

電話 編集〇三(五四〇三)四三四九
販売〇四八(四五一)五九六〇

振替 〇〇一四〇―〇―四四三九二

印刷 凸版印刷株式会社

製本 株式会社宮本製本所

ISBN978-4-19-894296-0 (乱丁、落丁本はお取りかえいたします)